U0924144

这世界唯一的你

You Are The Only One In The World

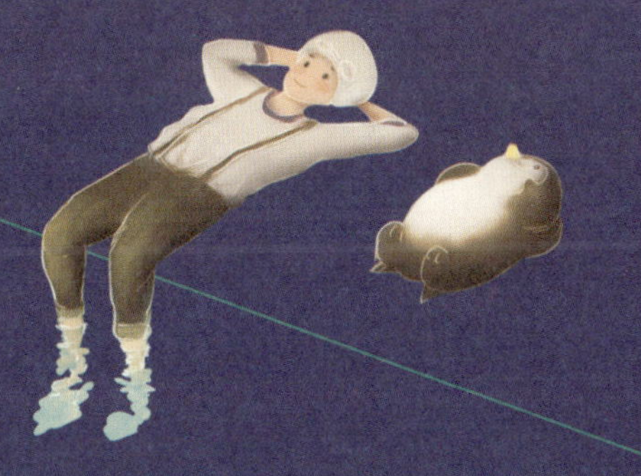

Zi You Ji Guang
自由极光 作品

中国华侨出版社

这个世界好大啊，即便我们一张船票就可环游世界，可人和人之间，心的距离，依旧是那么远。

这世界唯一的你

You Are The Only One In The World

如 果 你 喜 欢

在 一 起 的 人 再 也

你 觉 得 好 总 有 一 天

着 一 个

姗 来 迟

深 情 款 款 的 你

我 需 要

上一个永远无法

没有一个人可以让

你的身边会坐

正好的人所有的姗

都是为等一个

不要 对我好

的是你爱我

有　一　天

那　些

让　你　难　过　的　事

你 一 定 会

笑 着 说 出 来

目录

致

致

目录

失恋直达心底的痛楚，不会偏袒任何一个人

飞行官小北

时间过得真快，一转眼极光又出书了。

有时候不得不怀疑，哆啦A梦是不是给过他一个减缓时间流逝的时间阀。我等写字慢如抽丝的人，拿着极光新书昂首问天的样子，犹如盘丝洞外瞅着至尊宝再次升仙的二当家：咦，为什么要说又呢？

跟极光相识的日子不长，也就是他出十八本书的时间吧。但他的笑容却让我印象深刻，估计这辈子是忘不了了。他笑的时候总喜欢身体后仰，不在乎任何一个场合，也不掩饰任何一颗牙齿，像京剧里刚刚斩完陈世美的包青天。若要用一个词来形容，非健康莫属，健康得让我差点不相信他的经历。

你很难相信一个情路坎坷的男人仍会有这样健康的笑容，就像你很难相信一个整日以乞讨为生的人仍会感激现世安稳。但我信极光笑容里的真，自我问他为什么对那些人难以释怀起就信了。

极光说，因为那些人好。即使弃他而去，未能陪他卸阑珊为漫长，即使忤逆誓言，不曾随他化可待成追忆，他仍觉得那些人好。

我看着极光的笑容，突然觉得他好惨。爱上一个人，只是因为这个人，世间还有比这更惨的爱情吗？不如爱上物质，爱上皮囊，爱上当时的情境。等物质散尽，皮囊渐改，情境变迁时，那份爱情也会自然而然地瓦解，只留一段不痛不痒的回忆，多么干脆利落，多么温暖宜人。

但极光貌似没这么幸运。他和任何一个写文字的人一样，在感情中唯一能扳回一局的，是那个老掉牙的自嘲方式：我们是这个世界上唯一能以失恋赚钱的人，一场满盘皆输的恋情，一本拓印出版的书卷。

即便这样，最后竟也会有人问：你跟我谈恋爱，是不是为了写书啊。这句话我遇到过，极光也遇到过。在这里假公济私地为我们澄清一下：并不是。我们谈恋爱不是为了写书，而是为了赚钱——开玩笑。失恋直达心底的痛楚，不会偏袒任何一个人，不会因为任何玩笑而饶过自欺欺人的众生。

我们写书，从某种意义上讲，是为了求证。

我不知道极光对于生活的幻想是怎样的，是不是跟我一样，蓝图里有一位恋人，一条狗，一片躺在阳光下的沙滩，一所置在海岸边的房子，一块种在后院里的菜地。当然，经历过现实世界的教诲，可能还得加上一双不磨脚的夹趾拖，一个徒步就能到的超市，一条经常有新馆子开张的美食街。

我知道不只我一个人会幻想，我的一位朋友也会。她说她梦想中的求婚地点是玻利维亚，那里有一个叫作天空之镜的地方，因为水面广阔而平静，星空和星空的倒影能够连成一片，成为天地间最大的幕布。她希望她的未婚夫在那里举起戒指，她希望她在那里说“我愿意”。

极光一定也是。他这样爱上一个人，只是因为这个人一定也有一幅属于他自己的蓝图。我们写书，可能就是为了求证这个。求证这个世界上仍有很多人跟我们一样，在这个不健康的时代里，仍留有一份纯真，为美好生活提供源源不断的期盼。这有点像孙悟空从北界王那里学来的元气弹，世间提供元气的人一多，说不定就能制造出那个改变结局的能量球。

一定会有人说，这样的期盼不切实际，最终现实会逼这群人缴械投降。这话没错。我的那位想在玻利维亚被求婚的朋友，的确没能梦想成真。听说她的未婚夫是在五道口求婚的。听说她哭成了泪人，却不是因为失望，而是因为激动。她说，当他在五道口广场单膝跪地的那一刻，她才知道，其实她要的并不多，和每一个心怀期盼的人一样。

极光在努力汇聚着这一片元气，和每一个用心写字的人一样。

其实我们都一样，偶尔会觉得自己比别人更孤独

这是我的第九本书，极品系列的第二本，也许还会有第三本，也许不会有了。

《你就这样吧，挺好的》是极品系列的第一本，是无心偶得的游戏之作。

我写得轻松率性，大家看得舒心畅快，皆大欢喜。

一直以来写作的目的，无非就是为了这个。

从未把文学创作当作多么了不起的事情，只希望能于大家的茶余饭后寂寞时，给予我力所能及的陪伴。

不奢求记得，不奢求懂得，只希望你看过，笑过，便忘掉。

过好自己的生活，比什么都强。

我的书无法给予你生活上的指导，事实上，没有人可以。

只有你能控制自己的人生，真正在乎，并对它负责。

你是这世界唯一的你，独一无二，珍贵无比。

你得骄傲，给自己点赞，对这么努力在生活的自己好一点儿。

十年前，我自山东离家来北京读电影学院，大部分的时候，在这个陌生城市，都是只身度过。

那种寂寞的感觉，真的好难熬。

无数个夜，我工作完，看着天光亮起，伤感像潮水般涌来，心中烧灼般地难过，再贴切、精妙的文字，都无法形容。

其实欲诉无人能懂，我已拥有别人羡慕的生活，工作顺遂、衣食无忧，张嘴抱怨，总觉得自己会先不好意思。

可孤独这件小事情，跟你拥有多少，并无相关。

并不是每个人，都足够幸运，可以暂时把生之孤独抛至脑后。

我相信这个世界上的你们，难免也要经历这些，这是人生必经的一环，伴随始终。

但如若此时，我的一本本小书，能够让你们暂时忘记这份话到嘴边又消逝的难熬。

仿佛一杯美妙红酒，喝过之后，可换得半晚安睡。

能让你们想到爱过的他们，陪在身边的朋友，远在家乡的亲人。

读到某个故事的小瞬间，能有一些你们专属的、可供怀念的小时刻。

觉得自己的人生，到目前为止，不枉此行。

那便是极好的。笑。

希望这些由我间接提供的小感动，可以日积月累，成为你们人生路上，茫茫黑暗中，哪怕是转瞬即逝却可暂时陪伴一程的小小星辰。

又或许，哪怕只能换得你嘴角的会心一笑，我便真心感恩。

你我借着这本书，隔空望海地相识一场，还奢求些什么呢?

上一本书，有些朋友非常给面子地从那些光怪陆离的小故事里读出了治愈，我也仿佛成为一个写心灵鸡汤的人。

但是，我知道，你会明白，这不仅仅是所谓的鸡汤。

最起码，它很真诚，它也很真实。

一直以来，我所书写的，都仅仅是我真正相信的文字和故事。

所以，这些小故事带给你我的，与其说是治愈，不如说是懂得。

懂得大家在城市生活中的难言之隐，懂得那些默默在背后流下的眼泪，懂得无数个深夜的欲言又止，懂得那些没说出口的你好和再见。

其实，我相信我的读者们会明白，文学作品治愈不了人，人只能自己成全自己。

但是文学作品可以让你看到自己，有了某种自省，也许间接地也成全了一点儿自我的治愈。

去年一整年，我工作的时间很少，大部分时间，我都在世界各地匆匆路过。

交到了很多新的朋友，爱上过几个人，也听到看到了很多形形色色、光怪陆离的人和事。

这个世界好大啊，即便我们一张机票就可环游世界，可人和人之间心的距离，依旧是那么远。

我们始终在过自己人生的独木桥，路上遇到的每一个人，亦是同样不自知地独行。

我们短暂拥抱，挥手敬礼，洒泪离别，永不相见。

所以我十分珍惜遇到的每一个人，用我的方式，浅浅淡淡地记下你们。

即便你们其中的某些人，是以胸口碎大石的姿态闯入我的世界，留下在原地喘着粗气的我，又一跃而起冲天飞走。

时至今日，每每回忆起你们，我还是想尽可能地留住一些相识的片段。

站在你们的角度，想想你们的世界。

山高水长，人生苦短，怎可辜负这一场萍水相逢。

这个故事中的人，在我眼中，都很可爱，我希望我写出了他们的可爱。

极品只是一个壳，与太多的面目模糊、人畜无害的普通人相比，他们的生活方式其实更勇敢，也更令我敬佩。

书中的先生小姐们，无论未来你们会变成什么样的人，只希望你们快乐。

你们要永远记得，无论别人怎么看你们、给你们贴上了什么样的标签，你们的脸庞，都是照亮我人生的一瞬之光。

人的一生里，难免有执念。

我的执念，就是想要贪婪地记得你们。

可我记性太差了，所以便马不停蹄地有了这些小故事。

我是独木桥先生，你是谁?

如果有一天，我们在彼此人生的独木桥上离得很近很近，请不要忘记给我一个微笑，让我们彼此敬个礼，挥挥手，寒暄片刻。

因为不知道下次相遇，又是什么时候了。

我们不讲再见，我们在心底珍惜而记得。

祝好。

这世界唯一的你

You Are The Only One In The World

迷恋过去的你：

我愿你好，即便那好与我无关

但凡是失去，总是会使人难过

很长一段时间，我都联系不到情感先生，因为他，失恋了。

对于这个消息，我和周围的朋友们都感到有些意外，因为在我们心目中，情感先生是情圣，只有他甩别人，而绝无他失恋这一说。

所以关于情感先生失恋这件事情，就像一个悬疑故事，我们都对这位有着逆天本领的女主角有着极大的好奇，因为没有人见过她，也没有人知道其中的原委。

情感先生是一位并不成功的情感作家，走的是桀骜不驯的路线，他的大多数文章都以替别人发泄为主、疗伤为辅，而他本人，也一直自诩是爱情里的切·格瓦拉。

“嗯，就是个战争贩子。”

每当朋友这样说情感先生时，他都会义正词严、目光灼灼地反驳道：

“不！是革命家！”

“我瞧不起因为失恋而落泪的人，因为这世界值得你哭的事情有很多，可你偏偏要为一个不爱你的人哭。当然，因为失恋上吊、吃药、跳楼的人就更恶心了，与其这样，你不如去路上找辆豪车撞死自己，一来死得体面，二来还能给你的父母留下一笔可观的赔偿费……”

“如果你的男友出轨了，别哭也别闹，杀了他！”

“不要总是诋毁小三，她们也是人，也有真爱。只有那些不想转正还死皮赖脸花男人钱的小三才是贱人。”

……

这些惊世骇俗的醒世恒言便是情感先生的杰作，被无数家杂志社退稿之后，情感先生又转战微博，但终究是看的人少、骂的人多。

但这些都打击不了情感先生的创作积极性，他依然坚韧不拔地在微博上发表着各种离经叛道的言论，教育那些痴男怨女们怒视失恋、严惩情敌。

情感先生身边总是围绕着很多莺莺燕燕，她们崇拜他颓废有型的外表，欣赏他出口成章的才华。当然，更多还是因为情感先生的口袋里有很多很多人民币的关系吧。

当然也有真爱他的，可最后都难免被他的决绝伤得体无完肤。

“你整天这么跟一堆女的玩耍，就没想过找个人踏踏实实定下来过日子吗？”一个朋友问他。

“哈，笑话，大千世界这样多姿美好，我怎么可能在一棵树上吊死自己。”

“你就没爱上过什么人呀？”

“这世间的女子都入不了我的眼。”

也确实是这样，因为情感先生曾经向我们说过他的择偶条件，大概是：美若天仙，前凸后翘，家境殷实，事业有成，贤良淑德，活泼可人，上得厅堂，下得厨房，看事情像八十岁一样通透，做事情像十八岁一样利落……

那时我们都忍不住默默地想，情感先生大概要孤独终老了吧。

可是这世上的事情哪能那么容易被人料中。

在情感先生向我们宣布择偶标准的几个月后，他又向我们抛出了一个天雷滚滚的消息：

“亲爱的朋友们，我——谈——恋——爱——了！”

我到现在都还记得当时众人听到这消息时那一张张惊讶到久久无法闭上

的嘴。

情感先生爱得很痴狂，从那天起他很少参加我们的聚会，也很少出现在声色场所。每次我们打电话过去，他都告诉我们说要陪女朋友，没时间应酬。而我们每次邀请情感先生带女友出席，都屡屡被他搪塞过去了。

那时我们就想，此女一定是位列仙班的那种经典女性，才能让情感先生这般深陷其中。

只是，太美好的感情总容易夭折，情感先生竟也意外中箭落马。

情感先生失恋并与我们失联一阵子之后，我渐渐意识到了问题的严重性。于是那日，我只身去他家找他。

门被打开时，我简直不相信自己的眼睛，往昔那位风流倜傥的情感先生，此刻正穿着一件沾满食物油渍的T恤，头发凌乱油腻，胡子茂盛，两眼红肿，浑身散发着一股臭味儿。屋子里满地都是空啤酒罐和其他垃圾，一片狼藉。

他招呼我进屋，我自己清理了一小片沙发坐了下来，小心翼翼地问他：

“你怎么……会变成这样？”

他递给我一罐啤酒，席地而坐。

“极光，你知道吗？失恋真的很难受呢。”他语气淡淡地说。

“我当然知道，但凡是失去，不管是东西还是人，都会难受的。”

“不一样，失恋尤为让人心疼。”

“为什么会分手？”

“唉……大概是因为太爱了，所以就想抓得紧紧的，可是……”情感先生的声音有点哽咽，于是便没再说下去。

“其实你没必要这样，我们都深爱过别人，都被甩过，被伤害过，但是日子还是要继续过，因为时间这东西不会因为你疼就为你停留片刻。不过值得庆幸的是，时间会冲淡记忆，带走伤痛。”

说完这番话，我忽然好佩服自己，但一想，这貌似就是情感先生的某条微博啊！

“我知道，我都明白，只是我想躲起来一阵子，让自己放肆地难受几天，然后再吊儿郎当地出现在你们面前。你们知道我的，我平时把话说得那么大义凛然，一脸的坚不可摧，所以哪有脸让你们看到我这个样子。”

“那我这还不是看到了。”我笑笑说。

情感先生也笑了，对我说：“放心吧，我会好起来的。”

“嗯。”

“哦，对了，你想看看她的照片吗？本想稳定了之后带给你们见见的，哪知道这么快就分手了。”

“好。”

情感先生拿出手机，认真地翻出一张照片递给我。

照片里竟是一个特别普通的女生，穿着一身运动服，梳着利落的马尾，笑的时候，露出两颗可爱的小虎牙。

“是不是觉得特失望，跟我的标准完全不沾边啊？”情感先生惨淡地一笑，问我。

“不会，因为我看得出她是一个特别好的女孩。”

“嗯，她真的特别好。”

从情感先生家出来，我突然觉得有点难过。

爱情真的是没有章法的东西，能让一个人抛开所有原则，不顾一切地就这么栽了进去。

几天之后，情感先生又重新出现在我们面前，还是一如往昔的英俊潇洒、桀骜不驯，固执地当着切·格瓦拉。

只是在某个不为人知的空隙，他会跟我对视一眼，然后耸耸肩，露出一个孩子般调皮的笑。而关于那天，顺理成章地成为我跟他之间的小秘密。

后来有一次，情感先生偷偷问我：

“极光，你有没有在某个瞬间嘲笑过我？”

“有！”

然后我们俩都贱贱地大笑起来。

事实上，我从未嘲笑过他。

医者不能自医，就算情感先生懂得再多失恋不该一蹶不振的道理，可当失恋这事儿真的扑面而来的时候，谁都没有完全的把握能招架得住。

只是你要记得，你爱的人离你而去，不是因为你不够好，只不过你的幸福与他无缘罢了。

不管那段日子再怎么暗无天日，都要好好珍惜自己，因为你要相信，总有一天，你会遇见更好的人。

人生这么长，谁还没点儿过去呢

果儿小姐二十五岁之前，真乃一名奇女子。

大二时，她在室友的推荐下，一起去看了一场某支不很出名的摇滚乐队的现场演出。刚一开场，果儿小姐就惊呆了。

台上的人在吼，台下的也在吼，男男女女疯狂地呐喊，就像有人在背后用鞭子抽似的。

渐渐地，果儿小姐也融入进了这种怪异而和谐的氛围，跟着忘情地嘶吼起来。

结束后，室友仿佛跟乐队主唱很熟，直接冲他们迎了上去。果儿小姐不明所以地也跟在后面，一行六七人去了一家KTV，边聊边唱边喝酒。后来也没人唱了，就凑在一起玩“两只小蜜蜂”。

果儿小姐连赢了贝斯手五局，主唱看了，半真半假地说了一句玩笑话。

贝斯手被他这样一激，被酒浸得微凉的嘴唇，照着果儿小姐就吻了下去。

果儿小姐心里一惊，但随即就抱住了他的腰。

那一吻定情的时刻，也成了果儿小姐一步踏进摇滚果儿圈的炫目刹那。

从那之后，果儿小姐最大的爱好就是疯狂地追寻各色摇滚乐手。

能随便扯着嗓子吼两声的，她都觉得是一种冲破桎梏的激情。

如果把睡过多少摇滚乐手作为“果儿”的评定标准，果儿小姐俨然是一大个糖葫芦垛，插满了跟一个个乐手的露水姻缘。

图什么呀？有人这样问她。

果儿小姐不屑地翻了一个白眼给他：“俗！这是生命的激情，懂吗？艺

术，懂吗？”

人生得意须尽欢，欢尽了，也不用对彼此负责，豪迈到一塌糊涂。

多年下来，果儿小姐在摇滚果儿这个群体里，也成了一个闪亮的风向标。

果儿小姐二十五岁那年，某天去MaO看了一场摇滚现场演出，照例是疯狂地嘶吼。

那个模样清秀，打起鼓来却跟嗑了药一样的鼓手，最得果儿小姐的欢心。

果儿小姐轻车熟路地上前去打听，她已经算是“名果儿”，聊了几句，果儿小姐向鼓手表达了自己的爱意。

鼓手淡淡笑了一下，无意地问了一句：“姑娘，你是真喜欢我还是假喜欢我啊？”

当然是真喜欢你啊。果儿小姐很想这样讲，却不知怎么的，说不出来。

这里的灯光、音乐、气氛都跟以前一模一样，而果儿小姐却远远没有以前那么开心了。

姑娘们看完演出，亢奋得像打了鸡血一样，她却累得要找个地方靠着缓一缓才走得动路。

每次跟喜欢的乐手尽了欢，又总觉得缺点什么，心里好空。

但到底缺点什么，她也说不上来。

不玩了吧？

果儿小姐在心里问了自己一句，接着又给了自己一个答案。

她也冲鼓手笑了一下，转身走了，只留下那个一脸诧异的鼓手呆站在原地，看表情，他应该很想拿大嘴巴抽自己。

果儿小姐就这样乖乖收了性子，重新穿起带碎花的裙子，用花香主调的香水。

果儿妈喜出望外，恨不得立刻奔回老家，去祖坟上三炷香，但又怕这只是果儿小姐暂时的“厚积”，保不齐还有“薄发”的那天，于是立刻联系那班平时一起跳广场舞的姐妹，紧锣密鼓地为果儿小姐介绍相亲对象。

果儿小姐就是在第八次相亲会上，遇到了纯情先生。

第一次见面那天，纯情先生迟到了十分钟。

就在果儿小姐耐心耗尽，准备结账走人的时候，纯情先生喘着粗气闯了进来，左顾右盼了一会儿，向她走过来。

纯情先生报了自己的名字，不好意思地低下头，咧嘴一笑：“对不起，健身房离得有点儿远。”

这一笑，就像抽气扇一样把果儿小姐的怒气一卷而空。

她看着眼前这个穿着一身运动装的男生，即使隔着外套，似乎都能感受到那种扑面而来的汗液的特殊气息。

果儿小姐想：他笑起来可真好看啊。

只是这干净腼腆、连烟都不会抽的纯情先生哪能对果儿小姐的口味呢？

要知道，果儿小姐迷恋的可是那血里带风的浪荡不羁啊！

但令所有人大跌眼镜的是，果儿小姐偏偏就看中了清汤寡水的纯情先生。

喝咖啡、看电影、逛公园……

这些果儿小姐曾经丝毫瞧不上的约会方式，如今做起来竟然也从心底感

到愉快。

纯情先生呢，也十分中意恬静烂漫的果儿小姐。

这段感情一路走来，竟没有出过什么岔子。

果儿小姐二十六岁生日那天，纯情先生用一种从电视上学来的十分老套的方式求了婚。

婚期确定了之后，他们开始筹备婚礼。

意外却发生了，应该说“天网恢恢疏而不漏”，还是应该说“出来混迟早要还的”。

纯情先生曾经跟身边的一位同事提起过一次果儿小姐，当时同事听完纯情先生的描述，眼神复杂，说话的语气钦佩中又带点玩味。

在成为一名中规中矩的都市白领之前，他曾经也有过一段关于摇滚的不羁岁月。

果儿小姐曾经的赫赫名声，他虽然不熟悉，却也有不少耳闻。

这天，他们这一组的策划书得到通过，同事从格子间一旁探过头来：“今晚上一起出去喝酒？”

纯情先生羞涩地摇了摇头：“我未婚妻做了饭等我回家。”

同事一时没控制住，惊讶地瞪大了眼：“靠！做饭？她不是只会玩儿吗？”

那天下午，是纯情先生人生中第一次早退。

系着围裙的果儿小姐跑来开门时，纯情先生第一次进门没有先抱一下她，直接大声吼出了自己的质问，不知道是由于愤怒还是紧张，他说话都有些结巴。

然而，否认、辩驳、崩溃、歇斯底里，这些都没有发生，果儿小姐就站在那里，安静地听他讲完。

纯情先生想象了许多可能发生的场景，唯独没有这一种。

果儿小姐全部承认了，还说了更多，没有一丝要隐瞒的意思。

“我以前爱的是摇滚乐手，现在是你。实情全部告诉你了，选择也由你来做。”

她解下身上的围裙，把定情戒指留在茶几上，穿上外套离开了。

纯情先生一个人想了很久，最终在第二天凌晨蒙蒙亮的天色里，带上那枚戒指，去找果儿小姐了。

是啊，现在她爱的是我，不就够了吗？

谁没有一点儿过去呢。

人生这么长，过去又有什么重要呢？

最重要的永远是此时此刻，那个人拿出了自己最认真的爱，真心想要与你携手共行。

再也没有一个人可以让你觉得好

念旧小姐惨惨戚戚地说起刚刚分手的男友，眼泪凝在眼眶里，满得仿佛山雨欲来。

不出意外，她对这段感情又是万般痛心。

那一日，夜深，念旧小姐窝在沙发上看《甄嬛传》，熹娘娘正端着一张脸说着：宫里的女人都爱吃甜食，因为心里苦。

看足了苦情戏码的念旧小姐突然也想吃甜食，借此来平复一下自己心中难解的惆怅。

而正坐在电脑前专注工作挥洒激情的男友，只是说了一句，今天太晚了，明天吧。

念旧小姐望着眼前男友的背影，更加落寞。

她突然想起，前男友会做好吃的菠萝油。一发不可收拾，她更加想念跟前男友在一起的点点滴滴。

前男友会讲笑话，会做甜点，会制造许多让她感动的小惊喜。

此时，在念旧小姐眼中，前男友已然成了心口上那一颗熠熠生辉的朱砂痣。

原来他这么好，自己当时怎么没有发觉呢？

看着男友的时间越长，对前男友的怀念就越深。

可是，话说回来，又有谁能够忍受自己的另一半整日对旧爱念念不忘呢？

终于，男友无法对念旧小姐时不时表现出来的对往日恋情的沉溺睁一只眼闭一只眼，选择了分手。

念旧小姐说完，泪水终于流下来，哭得如此滂沱，仿佛全天下都负了她。

但大家只是照旧安慰了她几句，并没有表现出过多的同情。

也许念旧小姐不记得了，她跟前男友的分手，也是因为她在他面前无比思恋前前男友啊！

事实上，念旧小姐这一套程序，已然重复上演了无数次。

她就像故事中掰棒子的熊，拾起一段感情，同时又丢掉一段感情，可以一直追溯到初恋。

心口上的朱砂痣也常换常新，只是永远都是上一段感情中的人。

而她自己，永远是被现任无辜舍弃的那一方罢了。

过了一段时间，念旧小姐遇上了一个新的人。

跟社会背景根正苗红的前任男友比起来，这位简直是盛开在荆棘里的花。

夜店咖，游戏控，一手臂不羁的文身。

这次的槽点很容易找到。

跟新男友一起做他喜欢的事，无论是在夜店狂嗨，还是通宵打电玩，就念旧小姐的精力而言，确实很难做得到。

燃烧了几次生命的激情之后，念旧小姐实在是烧不动了。

还是过去的那个人好啊，念旧小姐想，至少自己在睡不着想有人陪着说说话的时候，他会在身边。

跟前一任至少能保证生活安稳的男友相比，这样的生活实在是太容易勾起怀念。

于是顺其自然地，他们分了手，念旧小姐还是又哭了一场，以资纪念。

念旧小姐的桃花虽然开得坎坷，但却繁茂。

现男友先生是在一个朋友组的局上认识念旧小姐的，据他自己讲，算是对念旧小姐一见钟情。

现男友先生主动追求念旧小姐。

几次相处下来，彼此感觉都还不错，两个人就这样顺理成章地在一起了。

大家以为，上一任男友没有什么值得留恋的地方。

按照念旧小姐的规律来讲，这一次，应该能有一个比较圆满的结局吧。

可是念旧小姐却说，嗯……至少，前任先生他游戏打得很好啊。

总之，现任都是一样的，前男友却各有各的好嘛！

现男友先生在初期打听念旧小姐的喜好时，也顺便打听到了念旧小姐多舛的情事。

自然，还有念旧小姐永远留恋前任的传统。

很明显现男友先生对念旧小姐是真爱，所以在念旧小姐再次抽风，又不由自主地怀念起刚刚过去的那段激情燃烧的岁月，开始有意无意地表现出念旧情绪来时，现男友先生却认真地看着她，说："你现在觉得他哪里好？我也可以的。"

念旧小姐有些慌，哪里好呢？似乎也没有什么能让自己真正喜欢的、特别好的地方。

但她是念旧小姐啊，于是她说，他会大半夜骑摩托车载着我在马路上飙，特别自由，特别爽。

现男友先生若有所思地"哦"了一声，没有继续接话。

他一定觉得我特别疯吧，念旧小姐想，有那么一丝不安，但很快地，“念旧情绪”占了上风，她居然仿佛真的有些怀念那些激情到筋疲力尽的日子了呢。

这段对话过后的一个星期，那天下午，现男友先生第一次没有准时回家，手机也关机。

念旧小姐打电话问遍了她能联系到的人，却都没有现男友先生的消息。

念旧小姐有点蒙，即使是历任前男友一起向自己提出分手，她也不会像这样不知所措。

念旧小姐开着家里的灯，等到了深夜。

就在念旧小姐即将化作望夫石的前一刻，现男友先生的电话却突然来了，突然到念旧小姐差点把握了一整夜的手机扔出去。

好不容易镇定下来接通，话还来不及说，对方就用一种紧迫到类似威逼的语气说：“下楼！快快快！”

念旧小姐稀里糊涂的，还是拽上外套就“噔噔噔”下楼了。

现男友先生跨坐在一辆喷漆图案无比浮夸的摩托车上，穿得像终结者一样等着她。

看到念旧小姐呆愣的表情，现男友先生特别做作地摸一下喷了半瓶发胶才定好型的头发，说：“走着，寻找自由和爽去。”

念旧小姐还来不及反应，现男友先生突然又像想起了什么似的，解下绑在后座上的黑色布袋，拿出一个跟这漫天酷炫完全不搭调的粉红色卡通图案的头盔。

现男友先生一边把头盔扣在念旧小姐头上，一边有点不好意思地说：

“朋友的车，没有头盔。我今儿下午刚去买了一个，就这个尺寸适合你。自由什么的倒是次要，但要保证你的安全。”

念旧小姐突然想起来，前男友载着自己飙车时，坚守“越酷越好”的信条，从来没有给自己戴过头盔。

即使她其实真的有些怕。

念旧小姐按住了他给自己拉紧衣领的手，把头连同好大一颗头盔一起埋到现男友先生怀里，哭了出来。

那场面，又搞笑，又有点儿幸福的意思。

扮成终结者的现男友先生，最终成为念旧小姐感情的终结。

他们婚礼那天，戒指就装在那个粉红色的头盔里送上来。

其实，念旧又怎样呢?

学着渐渐长大，不再为错过而感到惋惜，抑或，最起码不再为错过而嘴硬，承认自己在乎，接受那些失败的过去，勇敢地看向明天，也许才是下一次遇到时珍惜的前奏。

总有一天，你的身边会坐着一个正好的人

对号入座小姐每天睡前要做的最后一件事情，就是在微博和朋友圈里跟大家道声晚安之后，开始浏览每个朋友发过的状态。

“原以为世上只有亲情和友情才能长久，这样看来，友情也不过如此。”

“我真的对你失望透顶。”

“同事里总有那么一个傻×，他的作用就是让除他以外的人变得更团结。”

……

这些字字句句让对号入座小姐百爪挠心，瞬间睡意全无。

是在说我吗？我怎么让她觉得失望了？今天同事一起吃饭的时候，大家有格外亲近吗？他前天还跟我说话来着，友情怎么就不够长久了？

啊，是不是那天我不在公司，没有给他签收快递，所以他生气了？啊，是不是那天我不小心把汤水溅了一滴在她身上，她不高兴了？

是在说我，他们一定是在说我。

唉，我的人生真失败。

对号入座小姐每天就是这样伴随着满满的负能量睡去的，这种沮丧的心情一直延续到第二天，当她跟当事人面对面的时候，发现对方依然像往常一样对她笑脸相迎，随便开几句无伤大雅的玩笑，才渐渐散去。

可是每到夜间，她就会开始新一轮的沮丧和担忧。如此的循环往复和夜半悲鸣，让对号入座小姐日渐憔悴。

但事实上，对号入座小姐并不是只为自己对号入座。

那年阳春三月，春光明媚，当楼下的猫咪们开始整夜整夜发情叫春的时

候，对号入座小姐也迅速坠入爱河，跟公司里一个一直追求她的英俊先生展开了一段秘密的办公室恋情。

英俊先生人如其名，高大英挺、貌若潘安，待人又温柔体贴，在公司人缘极好，工作也力求上进。如果你总是对着各路偶像剧里的完美男主角苦情地演唱“童话里都是骗人的”，那你就错了，英俊先生活脱脱就是偶像剧里走出来的现实版。

对号入座小姐认为这段感情太完美了，太动人了，甚至时常会发出“怎么会是我？”“我何德何能？”这样妄自菲薄的感叹，但她还是奋不顾身、一个猛子扎进这段爱情里去了。

对号入座小姐迫不及待地想要昭告天下，可无奈办公室恋情本身就是不被允许的，霸占了“司草”却不为人知，在同事眼里依然是个普通人的对号入座小姐是那么不甘心。忍了又忍之后，对号入座小姐终于决定先把英俊先生带给自己的资深闺蜜美艳小姐炫耀一番。

美艳小姐长了一张白富美的脸，却带着一颗狂野自毁的心，比如她见到英俊先生的第一面时就说：

“嗯，果真一表人才啊。哎，你月薪高吗？能养活我们家对号入座小姐吗？办公室恋情不靠谱，要是奔着结婚去的，总得有个人辞职，这个人肯定不是你，因为你是男人，你得赚钱养家糊口啊。”

对号入座小姐面若桃花地坐在旁边，虽然心里有些尴尬，但还是暗自庆幸这么白目的美艳小姐一定不对英俊先生的胃口，这下自己的恋人和闺蜜绝对不会发展出一段狗血的地下情了。

可当天晚上，对号入座小姐和英俊先生在微信里互道晚安之后，她习惯性地浏览着朋友圈，再刷新时，她看见英俊先生发了一条状态写着：

“茫茫人海中我终于与你遇见，相见恨晚。”

对号入座小姐感觉自己像是被一道闪电劈中了一样，胸闷气短。

这是在说美艳小姐吗？相见恨晚，他们终于还是见到了，而且，是我促成的。他们是不是在我不知不觉中交换了微信，或者电话？嗯，一定是在我去上厕所的时候，怎么办？我要怎么办呢？

对号入座小姐就这样焦虑了整整一个晚上，她觉得自己的整个世界都坍塌了，自己的闺蜜和男友，终于还是没能摆脱命运的随手一指，纷纷背叛了她。

那天起，对号入座小姐再也无心工作和恋爱，她每天都穿梭在男友和闺蜜之间，问着各种自以为高明但破绽百出的问题。

“你觉得我男友怎么样？是不是很对你的口味？是不是让你春心荡漾？其实像他这样的男生，被很多人喜欢无可厚非，没关系的，你就说你是不是喜欢他？是不是啊？”

“你觉得我闺蜜怎么样？是不是很对你的口味？是不是让你春心荡漾？其实爱美之心人皆有之，窈窕淑女君子好逑，她那么漂亮，被很多人喜欢无可厚非，没关系的，你就说你是不是喜欢她？是不是啊？”

……

这样的问题对号入座小姐连着问了半个月，终于惹火了男友和闺蜜。那个晚上，她同时接到了来自男友的分手信息和来自闺蜜的绝交信息。

看着微信里并排的两条消息，对号入座小姐竟然淡淡地笑了。

“我果真没猜错，他俩终于承认了，一定是相约给我发的消息吧。呵呵，我真是料事如神啊。”

后来，英俊先生跳槽了，闺蜜好像也离开了这个城市，对号入座小姐再也没有了他们的消息。

在朋友恋人双双倒戈的忧伤中沉浸了一阵子之后，对号入座小姐又开始了新一轮的小心翼翼和自我怀疑。她依然在睡前浏览微博和朋友圈，然后带着满满的负能量睡去，等到第二天去到公司看见大家的笑脸后，才又重新活泼起来。

亲爱的你们，你一定想问：这样活着不累吗？

可事实上，即便不这样，我们谁又活得轻松自在呢？

我们活在苍茫的宇宙中，就像一个巨大的电影院，每个人都有属于自己的那个座位。

我们不停而又盲目地寻找着，总会在错误的座位上坐下，然后起身又走。

身边总有跟我们一样坐错位置的人，打个照面就擦肩而过了。

我们的对号入座小姐只是一直在艰难地寻找着自己的那个位子而已。

放心，只要坚持，总有一天她会找到，而且她的身边，也会正好坐着那个对的人。

放心，你也会。

所有的姗姗来迟，都是为等一个深情款款的你

宅男先生这个月第六次拒绝了聚会邀请，我听着手机里传来电话被挂断的“嘟嘟”声，怒发冲冠，恨不得杀上门去，炸掉他的厨房，掀翻他的花花草草，点着他的脑门骂：“祝你在家长成一朵参天大蘑菇，得道成精，羽化登仙！”

宅男先生身高处在“高个子”的临界点上，尖下巴，又难得地不显得娘。

眼睛不算很大，鼻梁却很挺拔。

平时脸上冷冷的，不常有什么表情，但一笑起来，仿佛整个南极的冰都融化了。

宅男先生善于规划时间，业余生活被他安排得轻松又充实。

即使遇到什么特殊情况，忙得晕头转向，他也不会忘记给阳台上的花花草草浇水除虫，还要给那株被他养得比头都大的仙人球转转晒太阳的方向。

除此之外，宅男先生喜欢做饭喜欢得无以复加。

最引以为傲的那道水煮肉片一出锅，被封印住的僵尸闻到，都会千里迢迢地蹦着找过来。

按现在流行的说法，宅男先生俨然是“一枚大暖男”，暖得仿佛周身都有温泉水要溢出来。

这样看来，宅男先生似乎哪里都不像是大家平时所认识的那种“宅男”，但宅男先生偏偏就拿出了一副宅到地老天荒的架势。

他几乎从来不会参加集体活动，更不用说什么远足旅游。

跟朋友的交往不见得密切，却跟各家的快递员混得特别熟。

有一次，我提前半个月约饭，请他去一家口味甚佳的私房菜馆。

但到了那一天，宅男先生几乎是以死相逼，最终还是把地点改在了他家里。

换到古代，仅凭“大门不出，二门不迈”这一项，给他的贞节牌坊都要立上满满一街。

有时我实在是看不过去，苦口婆心地劝他走出家门，到外面来看一看。

宅男先生却只是默默地挠一下头，回答说：“我顺着家里的窗户也就看了啊。”

从此，我跟他说话，再也不用隐喻。

拒绝聚会邀请之后，宅男先生又默默地在家蛰伏了一段时间，几乎与世隔绝。

突然有一天，宅男先生竟然破天荒地主动打了电话给我。

接到电话时，我铆足了劲儿，连讥带讽地笑他是不是度劫成功，要飞升了，却听到宅男先生在电话那头扭捏地说：“极光，我……我好像恋爱了。”

我全部的脑神经拧在一起抖了三抖，把准备好的名言警句全抖在了地上，紧接着产生了一种类似光宗耀祖的振奋之情。

万万想不到，这块顽石居然还有开窍的那一天。

宅男先生喜欢把在自己手下诞生的各色美食摆一个美美的盘，然后张贴到网上去，他把这叫作记录生活。

某天，他收到了一条私信，对方是个女生，想请教他一些做饭的问题。

宅男先生本着予人玫瑰手有余香的善心答应了，他们互加了微信，一天、两天……除了做饭，也开始聊起各自身边的事，彼此之间竟很契合。

就这样，一段时间过去，宅男先生在某个对方没有上线的晚上，失眠了。

宅男先生除了在初中时暗恋过当时的班花之外，感情史一片空白。像这样的“网恋”，更是开天辟地头一回。

用他自己的话说，就是没想到年近三十，还有被丘比特射那么一箭的机会。

但闷骚如他，可不好意思直截了当地去跟对方说：“嘿，我觉得你很不错哦，我们试试看吧。”

于是宅男先生一边以正常的口吻跟女生继续着交流，一边利用自己的网络知识挖出了她的instagram账号。

可这一挖，宅男先生从那些字里行间发现了一个事实：这个女生，可能更喜欢运动阳光男。

我听完宅男先生声音闷得跟含在嗓子眼儿里一样的哀号，先是故意耻笑他一把年纪还玩网恋，在他不甘之中又带点儿委屈的抗议之后，问他现在对这件事有没有什么打算。

宅男先生的声音立刻明显高了八度，表明他对自己的计划十分有信心。

他想伪装成一名运动阳光男，以达到投其所好、牵手成功的肮脏目的。

我马上否决了这个想法。万一对方是个个性强的，有朝一日发现了真相，只能落得鸡飞蛋打的下场。

话筒那边沉默了一会儿，宅男先生说要好好考虑一下，然后就挂了电话。

放下电话，我回想着宅男先生刚刚那认真无比的语气。

这块万径人踪灭的盐碱地，这一次也许真的会开出花来。

最终宅男先生考虑的结果，就是十分没有骨气地依旧采用了伪装策略。

他开始捏造今天去游了泳，昨天去踢了球之类的假消息，还晒出了一双新买的篮球鞋照片，并十分做作地表达了自己因为楼下篮球场换了新设备的激动之情。

为了防止露馅儿，他开始看各种体育节目，搜索那个女生喜欢的体育明星的资料，用上了当年备战高考的劲头儿，直到人家祖孙三代的事迹都能够信手拈来。

也许是宅男先生太缜密，也许是对方太单纯，总之，他们的共同话题又多了运动这一项，两人的关系竟然就这么一日千里地发展起来。

宅男先生就这样一边宅在家里，一边苦心营造自己热爱室外的运动男形象。

但是谎言终究是谎言，宅男先生伪运动男当久了，神思都有点恍惚。

有时去楼下便利店买瓶水，路过篮球场，竟然会产生自己应该飞身上去灌个篮的错觉。

直到有一天，女生要到宅男先生家附近办事，前一天晚上打电话约他到时候一起吃个饭。

宅男先生傻了，自己这一去，光身上长期宅出来的懒肉，运动男的假身份必然就会被瞬间揭穿。

心里进行了一番激烈的挣扎，尽管可以找个借口逃避这次见面，继续隐瞒下去，但他最终还是决定把真相告诉她。

宅男先生说完之后，听筒里是一段很长时间的沉默。

自己隔着漫长而浅薄的空气，似乎也能感受到那份失望。

宅男先生有些慌乱："能不能再给我一次机会？其实……我也不错的。"

对方很轻很轻地叹了一口气，说："可以啊，但是如果我告诉你，我不是你认识的这个我，我用的都是假照片，你觉得你有勇气面对这个真相吗？你还想见我吗？"

宅男先生心里像是开了一个洞，又被冰块塞住了。

是啊，这样的隐瞒，希望别人可以体谅，那么自己呢？

宅男先生痛定思痛，最终还是决定去见那个女生，他给了自己一次机会。

他发微信给她说："一直以来，我喜欢的都是跟我聊天的那个你。所以，无论你是什么样子，做什么工作，最爱做的又是什么事情，我还是想见见你，跟真正的你聊聊天，就当咱们俩都是新人，重新开始认识彼此，好吗？下午三点，那里花园的咖啡店，希望你能来。"

对方没有回。

可第二天，宅男先生还是提早到了咖啡店。

随着人来人往，疑似的人物一直没出现，他的心越来越沉。

就在他要放弃之时，耳边忽然响起很悦耳的声音："你好。"

他抬头见到了声音的主人。她笑了，有些不好意思："Sorry，路上堵车，迟到了。"

那笑容，仿佛一颗星，点亮夜空。

宅男先生先是愣了一下，也笑了，秒懂。

她骗他的。

她就是一直以来的那个她。

她这么做，只是为了考验他，也给自己一个原谅他的欺骗的理由。

宅男先生最终也没有变成运动男，他还是宅男先生。

两个人开始正式约会，女生也貌似配合地跟宅男先生一起做着那些看起来枯燥无味，实则有些许妙趣的事。

没有秘密，甜蜜无比，两人仿佛连体婴儿。

她只是没有告诉宅男先生，跟运动男比起来，她还是更加眷恋这种还算幸福的宅生活。

某种程度上，她其实一直爱的都是宅男。

而她迟到的原因，也无非是终于决定要给他一次机会，给彼此一个机会。

这世界唯一的你

You Are The Only One In The World

致

假装坚强的你：

每一个坚强的你背后，都有一个爱逞强的你

那悲伤藏得那么好，不愿被看见

麻木先生是个严肃的人，大多数聚会的场合中，他都摆着一张冷漠僵硬的脸。

别人开玩笑时，不管在场的其他人笑得怎样花枝乱颤，他也只是轻轻地嘴角上扬，随即笑容便消失了。

麻木先生偶尔也会讲个笑话，试图融入其中，但每每都以大家尴尬的呵呵声结束，还伴随着一身毛骨悚然的冷汗。

比如有一次，我们一起在一家上好的西餐厅吃饭，麻木先生一边切着三分熟还带着血丝的牛排，一边乐不可支地说：

“最近刚看了《人体蜈蚣2》，真是太不科学了，除了第一个人能汲取营养和水分以外，后面的人都要靠吃屎活着，连尿都喝不着，哈哈哈……”

现场一阵诡异的安静，只有刀叉刮过盘子发出犀利的响声。

“最前头的人可以吃饭，最后的那个人可以排泄，中间的人最可怜。”麻木先生自顾自地切了一块嫩肉放进嘴里，嘴角沾着零星血红，他突然灵感一现，抬头看着大家，表情宛如好奇宝宝，问道，“哎，如果换作你们，你们是愿意吃饭还是排泄啊？”

大家沉默，操纵刀叉的手也停在半空。

许久，才有一个朋友张口解围说：

“吃饭，呵呵，吃饭好，你看，咱们不是正吃着饭嘛。”

众人皆呵呵，麻木先生得到答案后，满足地低头继续吃起来，切割肉的手法娴熟。

那顿饭，我们付出了高昂的价格，换来了一晚上的肠胃不适。

哦，忘了介绍了，麻木先生是我们的好朋友，职业是一位非常权威的脑科医生。

一直以来，麻木先生都被公认为是我们这群人里面，最事业有成的那一个。

麻木先生有一颗胜不骄的心，纵使学术上战功赫赫，纵使我们对他千般崇拜，他对朋友们的态度一直都是温和的，不露半点志得意满。

我们喜欢他，除了他人品不错以外，还因为谁都希望自己的圈子里有个挥斥方遒的医生朋友，起码看病可以走后门挂号了呀。

而他也喜欢跟我们在一起插科打诨，他说他庆幸自己血淋淋的日子里还能有我们为他增添色彩，尽管他的笑话既生硬又恐怖，但大家也都不在乎。

我们总以为我们足够了解麻木先生，总以为他就是一个手起刀落、满腹医学理论的冷面笑匠，这样的想法一直持续到麻木先生的母亲生病住院的时候。

麻木先生的母亲烧得一手好菜，初识麻木先生那会儿，我们都才刚上大一，他常常大方地把我们这群居无定所的朋友带回家，品尝他母亲的厨艺。

我们脸皮都厚，后来就成了他家的常客，麻妈是位好客的优雅妇女，摸准了我们每个人的口味和最爱吃的菜色，每次都照顾周全。

一来二去，我们也都待她像待自己妈妈一样疼爱着。

可在麻木先生大三那年，他的爸妈突然就闪电离婚了，传说是麻妈在外面有了别的男人，所以执意要离开他们，但具体原因到底是什么，谁都不得而知。

因为麻妈在一个月黑风高的夜晚，悄无声息地离开了麻木先生，便再也没有回来过。

这一走就是八年，一直到前年麻木先生的父亲去世，麻妈才再次出现在了麻木先生的生命里。

对于那段过去，麻木先生和麻妈都只字不提，他们的关系一直都淡淡的，很少说话交谈，麻木先生也很少在我们面前提及母亲。

麻妈生病的时候，正赶上麻木先生最忙碌的时候，好几天都见不着人。

我们带着麻妈经过了一轮又一轮的检查，为了不让儿子分心，她执意要求去另外一家医院检查，很不幸的是，最后的化验结果是脑癌晚期。

朋友把这个悲痛欲绝的消息告诉了麻木先生，他的脸上平静得像一汪湖水，没有任何波澜，看过病例后，他淡淡地说：

“安排病人住院吧。”

我们有些震惊于麻木先生的冷静，可又想到他在医院工作多年，见惯了生老病死，或许真的比我们更看得开些吧。

麻妈住进了麻木先生的医院，主治大夫便是麻木先生本人。

我们几个朋友排了班，轮流去医院照顾麻妈，并不是我们有多大义凛然，而是如果我们不去，麻妈通常都是一个人孤孤单单地躺在病床上的。

有一次我们去看她，才发现麻妈打着吊瓶行动不便，已经憋了一个小时的尿。

麻妈入院之后，麻木先生从未在床前照顾过，他每天带着实习医生例行巡视、检查、提问，对待所有病人都一视同仁，没有人知道麻木先生是麻妈的儿子。

她每次都用期待的眼神看着麻木先生，却又用满怀失望的眼神看着他离开，无一次例外。

朋友们好几次想劝几句，但都被麻妈拦下了，每次她都用那双日渐浑浊的眼睛盯着天花板，语气缓缓地对我们说：

“算了，算了。”

“你不觉得自己有点过分吗？”有一次我实在看不下去了，在麻木先生走出病房后追出去对他说。

“你觉得我哪里过分？我不觉得我在工作上有什么纰漏。”麻木先生目光淡定地看着我说。

“里面躺着的那个人是你妈！”

“她是我的病人，我只需要治病就是了。”

“别人床前有儿有女地陪着，你妈也生你养你，怎么就换不来承欢膝下？”

麻木先生看了看我，没说话，转身走了，留下我一人站在原地，气得呼哧呼哧喘着粗气。

麻妈的病越来越严重，她知道自己时日不多，所以每次麻木先生巡房的时候，她都紧紧握住麻木先生的手，不说话，但却满眼的悲伤和哀求。

一次次的化疗已经让麻妈面目全非，原本身体康健壮硕的中年妇女，此刻已经瘦骨嶙峋、气若游丝。

她的力气越来越小了，无论她用多大的力气握着麻木先生的手，都会被他轻轻拂开，仿佛弹走身上的一粒尘埃一般轻而易举。

我们都不再劝说麻木先生了，只是安静地守在床边，时刻准备送麻妈最后一程。

在一个暴雨倾盆的下午，正赶上麻木先生上手术，麻妈等了他整整一天，终于还是耗尽了最后一口气，撒手人寰。

“我累了，等不了了。你们都是好孩子，所以请你们，请你们帮我转告他，对不起，请他原谅我……”

这是麻妈生前说的最后一句话。

看着躺在太平间、身体已经冰凉僵硬的麻妈，麻木先生没有哭，仿佛那里躺着的是一个陌生人一般。

他在那里站了许久，最后默默地把白布盖起来，转身离开了。

在那之后，我们有很长一段时间没有见过麻木先生。

后来的一次饭局上，他再次现了身，依旧如以前一样，一张冷漠僵硬的脸，笑容轻微，转瞬即逝。

他依然用他积攒下的仅有几个有关《人体蜈蚣》的笑话，支撑着整场聚会，气氛还是会毛骨悚然，他笑他的，我们吃我们的，就像是两条平行着的线，距离很近，却各自生活在不同的空间。

几杯黄汤下肚，麻木先生有些醉了，这是这些年来，我们头一次看见他有些微醺的样子，眼睛发红，眼神迷离。

他晃晃悠悠地站起来，举着酒杯走到我身边坐下，含含糊糊地对我说：

“极光，我特别想对你们说声谢谢，谢谢你们在我妈弥留之际，不离不弃地守在她床前，我没能尽孝，没能送她最后一程，是我这辈子最大的遗憾……”

麻木先生说完，一仰头喝光了杯中的红酒，猩红的液体顺着他嘴角流下来，像一滴艳丽的血。

“你原本可以尽孝的，是你不肯罢了。”我冷冷地说。

麻木先生的嘴角扬起一丝苦涩的笑，眼眶里突然堆满了泪水。

“极光，你知道吗？”麻木先生继续说，“其实我早就原谅她了，其实我从来都没有怪过她。我是医生，我不想因为过分的情感影响我的判断，我太高估我自己了，我总以为自己是华佗再世，只要竭尽全力救她，也许能换来一个奇迹……你说我多傻，我妈是脑癌晚期啊，怎么可能救得活？”

麻木先生哭了，眼泪混着鼻涕流进那只空荡荡的玻璃酒杯里，顺着杯壁下滑，跟杯底残留的红酒混在一起。

那晚，他彻底醉了，我也一样，他断断续续地跟我说了很多很多话，有很多我已经记不清了。我只记得散场的时候他紧紧地抓着我的手，就像当初麻妈紧紧抓着他的手那样，对我说：

“极光，那些幼稚的意气用事终究都会成为我们悔不当初的罪魁祸首，我们要懂得珍惜眼前人。但是，这件事情，我不后悔，我做到了一个医生的本分，理智而冷静地对待每一个病人，把对他们的救治放在第一位。即便……其中有一个人，她是我的母亲。”

我们总以为我们足够了解麻木先生，总以为他就是一个见惯生死、麻木不仁的医生。

一直到那天晚上。

一直到后来，我们都哭了。

无论发生了什么，都要试着哄自己开心

腐女小姐手抚着心口，跟在一脸气急败坏的男友身后走出FUNKY酒吧的时候，两肩抖得像是被容嬷嬷扎了针之后的夏紫薇。

此时此刻，她的脸上呈现出一番狂喜，眼睛里闪烁着异样的兴奋，仿佛得了手的电车痴汉。

腐女小姐十三岁时，在表姐的“诱导”下看了平生所看的第一个耽美视频。

原本正常无比的电视剧剧情，在网友神乎其技的剪辑之下，两个男主角之间突然就有了死生契阔的味道，就连扔个水壶都有情愫在暗暗流转。

腐女小姐看得两眼发直，自此，一发不可收拾。

白羊座的腐女小姐向来热情如火，在前辈表姐的熏陶下，她迅速地成长为一名专业的资深腐女，并且越来越明显地显示出青出于蓝的势头。

各类有关耽美的动漫、广播剧、自制视频，在电脑里存得满满登登的，甚至在半夜三更，腐女小姐还会躲在被窝里盯着亮亮的手机屏幕看小说，读到精彩处就会不由自主哧哧地笑。

于是同寝室的姐妹们经常会看到黑暗中一个发光的被窝，伴随着意味不明的笑声，阵阵耸动，夜色之中，颇为瘆人。

好在腐女小姐并没有因此而影响自己的正常感情生活，还交了一个高高帅帅的男朋友呢。

只是，腐女小姐看遍了所有二次元资源后，终于，惦记起三次元的GV来。

几乎是不假思索地就去自己早早加入的腐女群里求了资源，腐女小姐在某天的午休时间里，戴着耳机猫在电脑前，看了她人生中的第一部GV。

等大家睡醒，腐女小姐还仍然以一种类似鹌鹑的姿势蹲在椅子上，眼睛亮得像一只饥饿的狼。

从那时起，腐女小姐就开始不遗余力地向同寝室的其他三人使劲儿介绍，那三个姑娘本来只是凑热闹，后来就像当初的腐女小姐一样，也一头撞了进来。

自此之后，在这个小小的四方天地里，或低沉或嘶哑的男声，此起彼伏。

虽然是一个女生宿舍，却处处充满了男性荷尔蒙的味道。

腐女小姐也常常以此视自己为在传播腐女文化的进程中一座永远闪耀的丰碑。

在身边的朋友被传染得七七八八之后，腐女小姐的目光终于投向了自己的男友。

腐女小姐的男友身形颀长，脾气温和，个子虽然高，脸却小，勉强也可以算作九头身美少年。

笑起来的时候，他的眼睛会眯成两道弯弯的月牙，生气的时候，也不吵架，只是用鼻音发出冷哼的声音，跟你闹别扭。

多么符合小说里的“万年傲娇受”的描述啊！

每当夜深人静，两人在男友的房间里独处时，腐女小姐只是看着他，脑子里就不由自主地浮现出许多七荤八素的场景，几乎要当场流涎。

即便被这种毛骨悚然的目光盯久了，她好脾气的男友也只是会用自己天真的眼眸不明所以地看她一眼，压根儿不知道自己早已经是腐女小姐脑洞小剧场的男主角了。

无奈男友先生真是直得可以，腐女小姐几次连哄带骗地拉他一起看GV，每次两个近乎全裸的男人一出现，男友先生就立刻抬腿走人，事后还要把腐

女小姐骂个狗血喷头。

后来次数多了，他也就渐渐不再管，只是在腐女小姐把音量调至震天响的时候，仍然镇定地玩手机，头都不抬一下。

对男友的冷漠，腐女小姐毫无挫败感，只觉得无比振奋。

在她看来，“不抵触”已然就是“接受”的第一步。

腐女小姐在生日那天，特地选了工体西路那家很有名的酒吧——FUNKY作为约会地点。

环境最能造就人，那么让男友先生熟悉一下这样的环境，也是重要的一步啊！

腐女小姐轻车熟路地引着男友到了位置上，显然她对这里熟得不能再熟。

而男友先生直到看到台上两名威猛的舞男脱得只剩三角裤，纠缠在一起激情热舞时，才明白被身边一脸坏笑的腐女小姐算计了。

男友先生脸上挂不住，一边拉着腐女小姐，一边左顾右盼地想找到出口。

可就在这间隙里，就有陌生的男人走过来，塞给他一张名片，留下一个暧昧非常的微笑。

而且前前后后，居然有六个。

于是就有了开头的那一幕。

经此一役，腐女小姐动力大增，更加热情地对男友先生展开科普攻势，更把目标锁定在了男友股后那朵娇嫩的菊花上。

她每日都在男友耳后灌输一些如“前列腺高潮才是真的高潮哟，不试一次怎么对得起自己来世上一遭呢”之类的话，更在两人“啪啪啪”的时候都试图魔音灌耳。

也许是腐女小姐的耳边风太过猛烈，也许是男友先生想要一了百了，软磨硬泡下，竟然就答应了试一试。

腐女小姐high到不行，利用早早准备好的各种道具，在男友先生身上欣赏了一整晚出现在GV里的那些熟悉场景。

拨云见日，头顶青天。

腐女小姐用这八个字总结了自己的这次成功，只差没有合影留念再把照片裱起来。

只是，也许是腐女小姐当时的得意之情太过澎湃，忽略了男友先生虽然整个人埋在被子里哼哼唧唧，脸上竟也有一丝不寻常的红晕。

腐女小姐兴奋了好久之后，终于慢慢平息下来，意识到男友先生为了自己真是牺牲良多。

可男友先生也许是还有后怕，跟腐女小姐在一起时甚至略有些局促不安的样子，再后来就三天两头找不到人。

那个周六，腐女小姐想跟男友先生在家里涮火锅。

打电话过去，男友先生却说要去实习，应付了几句，就挂断了电话。

可买好了食材的腐女小姐还是去了男友家，想把大包小包的食物保存到冰箱里。

拿备用钥匙开了门，却听见卧室里面断断续续说话的声音。

有人！

浑身是胆的腐女小姐想到这里，拎起厨房的平底锅，慢慢向卧室靠近。

卧室的门只关了一半，腐女小姐向里扫了一眼，瞬间就像被雷劈了一

样呆在原地，手中的平底锅“当啷”一声砸在地下，还略带俏皮地翻了个个儿。

“去实习”的男友先生，跟另一个陌生男子，就这样满脸惊诧地看着她，仿佛忘了他们正赤身纠缠在一起。

自己绝对想看到又万万没想到的场景，就以一种这么突然的方式出现在自己眼前。

腐女小姐从男友先生家飞奔回学校之后，以迅雷不及掩耳之势格式化了存满耽美视频的电脑磁盘。

她消沉了一段时间，也着实戒了一阵子“腐”。

做人最难的，就是无论面对什么样的刀枪剑雨，都能把自己哄高兴了。

腐女小姐比较好运，偏偏就有这样的天赋。

万一等到他们结婚，男友先生再变弯，结果不是要严重得多吗？

这样想想，又觉得自己还是赚了。

之后的某一天，腐女小姐被叫去一个“同志”公益组织做了一次临时义工。

就是在这次活动中，她才知道，原来他们并不都是美型男，并不都是时尚的象征，更并不都像在各个平台上被炒得很红的同性伴侣那样，光鲜亮丽到不行。

更多的人还在忍受着别人歧视的眼光和疾病的折磨。

原来这个群体，远没有自己想象中的那么美好。

结束了那天的工作后，腐女小姐递交了申请，正式成为这个公益组织中的一员，去帮助那些需要帮助的弱势群体。

后来，她有了新的搭档，一名眉眼总含着笑的直男先生。

再后来，直男先生成了腐女小姐的现男友。

至于“腐”，腐女小姐还是没有放弃，只是不会再跟男友提起。

自己闷了烦了，还能当一剂颜料，给自己的那片小小夜空添一点儿色彩。

她觉得，就这样吧，挺好的。

我之所以这么理智，是因为这些错我都犯过

理智小姐第一次出现在我们眼前时，衣着得体，妆容精致，一丝不苟，就像是一块切工精准的积木，随时准备以最完美的状态嵌入这个世界。

对未来感到迷茫，不知道何去何从？去找理智小姐嘛！

对身边事感到疑惑，看不清真真假假？去找理智小姐嘛！

人生太过复杂，毫无头绪？不要担心，理智小姐会给你最得当的建议！

这样的事多了，以至于后来一提起理智小姐，大家首先想到的就是那幅出名得不得了的《自由引导人民》。

理智小姐就宛若画上那位高举旗帜的女神，为她身后的茫茫苍生引领着人生的方向。

而我作为这群“苍生”中的一员，虽没有实实在在地跟着冲上去，却也莫名其妙地被推搡着往前走，间接地受了不少益。

理智小姐第一次大显神通，是她加入公司后的一个月。

那时我们彼此之间虽算不上知根知底，但因为都是年轻人，很快也算熟络起来。

某天的空闲时间里，办公室的女生们聚在一起聊天，当话题从哪家商场最近打折，扯到阴天太多衣服都晾不干时，其中一位突然含羞带臊地嘤了一声：“我男朋友昨天说让我搬过去跟他一起住。”

叽叽喳喳的讨论先是一停，紧接着，仿佛有人在一只充满气的气球上扎了一下那样，瞬间爆出一阵欢呼。

除了感情状况不明的高冷小姐之外，其他女生也都跟当时的男友交往不久，听到这种在自己脑子里幻想了无数遍的桥段，七嘴八舌地祝她百年好合万事如意，大概心里还憧憬着什么时候自己也这么来一发。

在这一片洋洋洒洒的叫好声中，理智小姐好看的食指弯起来，一下一下点在桌上，摇了摇头："不对，你们应该保持一点距离。"

这句话就像在六月天里突降的一场冰雹，本来热火朝天的气氛，一下子就冻住了。

理智小姐却仿佛没有看到众人的面面相觑，继续说下去：

一、距离产生美，两人过密，必生龃龉。

二、你的温柔体贴，不管有多频繁，都是分次给的。而住在一起后，天天都是这样，长此以往，对方就不会珍惜了。

三、男人结婚，最想要的就是家的感觉，这种感觉你现在给了他，婚期就且等着吧。

四、你们刚交往不到两个月，对方就提这样的要求，十之八九也不是什么长情的人，选个合适的时候，当断则断。

这看似违和又头头是道的一二三四把当事人说得一愣一愣的，看向理智小姐的眼神，都有点儿发蒙。

但理智小姐神态淡定，好像刚刚只是石头剪刀布玩输了，被罚说了一段绕口令。

那女生虽然并没有把理智小姐的话太过当真，但心中也多少有了一些顾虑，也就没有答应男友同居的要求。

果然就在不久之后，男友开始显露出一些不寻常的迹象，终于有一天打着加班的名号去夜店把妹，被女生当场抓个正着。

女生虽然平时看上去性子软软的，却最恨劈腿，当机立断，怒斩情丝。

理智小姐就这样在那名女生的眼中成了赛半仙，仿佛头顶都冒着仙气。

从此之后，众女仿佛一夜之间都成了理智小姐的铁杆粉丝，但凡遇到什么问题，立刻会条件反射一般扑到理智小姐面前倾诉，简直把理智小姐当作最专业的情感顾问。

我常常想，如果理智小姐哪一天突然想撒手不干，游戏人间，就应该去天桥上支个摊儿普度众生，方才不枉费这一身的本事。

但理智小姐的强大，哪能局限于此呢？

每当有人揪着心说起他的痛苦的时候，大家都憋着一脸喝了黄连水的表情，时不时嗟然长叹一声，以示感同身受。

理智小姐却在听完之后，冷静而近乎冷酷地去剖析他的得失错漏，往往一击即中。

当别人被突发事件搞得手足无措的时候，理智小姐又会很理性地分析事情的义务责任、处理方法。

仿佛一个预言家，只是这位预言家，大家在崇拜之时，逐渐地多了一丝敬畏，总觉得她有些太过不近人情。

而预言家一般的理智小姐，到底有没有感情用事的时候呢？

我私下问她这句话的时候，理智小姐看着我，想了想，没有回答，只摇摇头淡淡地说："记不清了。你没事需要我帮你？"

我想了想，也摇头。

理智小姐仿佛怔了一下，只是一下，随即就开始做自己的事情，我也就不再问。

理智小姐依旧是理智小姐，在人群之中，做着灯塔一样的人物。

在一年之后，理智小姐因为出色的业绩，获得了公司外派美国的机会。

给理智小姐饯行那天，大家聚在一家开到深夜的小饭馆，理智小姐破天荒第一次喝了酒。

借着微醺的酒意，理智小姐问我："你还记不记得你问过我，我有没有感情用事的时候？"

在那个因为人多而略有些逼仄的小包厢里，理智小姐还是那样笑着，却显得跟平时不太一样。

随着她轻缓的语调，我看到了一个不一样的理智小姐。

理智小姐在年轻一些的时候，也曾带着满身的新鲜，像一只第一次走出森林的小鹿一样，在这个世界上横冲直撞。

曾经在想做一件事的时候，舍下身上所有的担子。

曾经在突然想念一个人的时候，跋涉千山万水去给他一个拥抱。

曾经在前路未卜时，赌上一切，放手去做。

也曾经在明知道会输的情况下，迎头而上，义无反顾。

理智小姐讲这些的时候，看着别处，眼睛里粼光闪闪，似乎是真醉了。

我听着这些好像跟理智小姐半分关系都搭不上的话，感到震惊，却又觉得满是感慨。

她突然转向我，一字一句，异常认真："我之所以这么理智，是因为这些错，我都犯过。我给你们的，永远都只是建议而已。"

大家醉醺醺地互相拥抱告别时，理智小姐握了一下我的手，压低了声音："极光，我不是太理智，只是输不起。如果你还年轻，还输得起，就去做吧。"

这是理智小姐跟我说的最后一句话，从此之后，我们再也没有见过面。

也不知现在的理智小姐是否又遇上过值得她感情用事的人或事。

也许有一天，我也会像理智小姐一样，面对世界，最关心的不再是自己心里的所思所想，而是现实的利弊得失。

但在那一天到来之前，在我们还可以不顾一切的年纪，在我们犹能且败且战的时候，抛开这些，放手去做吧。

就让别人觉得你坚强吧，毕竟不是每个人都懂你的柔软

正能量姐姐每次出现，都像《红楼梦》里的王熙凤，人未到，笑先到，仿佛打包了全世界的阳光为你而来。

每当有谁遇到困境而垂头丧气时，正能量姐姐的人性光芒就瞬间迸发，照耀大地。

“提起精神来啊，世界充满爱，你不要不理睬。”

……

正能量姐姐就这样哼着她自创的励志小调，把一个个的迷途者重新引回了人生的康庄大道上。

只是，这样的乐观积极，却还是招来了一些别样的议论：“最受不了的就是她那副装出来的圣母样。”

是啊，怎么可能呢？在这个世界上，哪里会真的有完全光明的内心呢？

可无论这样的猜疑有多少，正能量姐姐的生活仍是那么灿烂，仍是一片仿佛可以持续永远的五光十色。

那一年，单位例行体检。大家结伴去取体检结果时，正能量姐姐的体检表却没有回到她手上。

冷着一张万年冰块脸的护士小姐走出来，叫了正能量姐姐单独去看医生。

护士话音未落，正能量姐姐脸上第一次有了淡淡的阴云。

这种场面自己虽然从没有经历过，但电视剧看得多了，医生单独跟你见面意味着什么，也大约能猜出个八九分。

同行的人齐刷刷地看向正能量姐姐，心里敲着忐忑的小鼓。

她眼神望回来，耸耸肩膀："看来他们查出了我的外星人血型，唉，这回瞒不住了。"

如果真是如此，即使正能量姐姐的确是外星人派来摧毁地球的间谍，我们也会感谢上苍能有这样仁慈的安排。

正能量姐姐体内的食管黏膜皱襞紊乱，初步确诊为食管肿瘤。

医生措辞委婉地讲完正能量姐姐的身体状况之后，正能量姐姐沉默了一会儿，抬起头来，竟笑了一下："行，那我好好配合治疗，就成了呗？"

医生看到正能量姐姐的笑，明显愣了一下，冰块脸护士也不由得多看了正能量姐姐一眼。

得知自己得了肿瘤之后，惊慌失措、哭天抢地甚至当场昏厥的，这么多年下来，他们都见怪不怪了。

而正能量姐姐这一款，却真属罕见。

正能量姐姐很快入院了，但她似乎只是度假时住进了一家疗养院，还是那么阳光，配合检查也很积极。

有时去看她，五次总有四次她是在做一些简单的健身操，或者给同病房的其他病友讲笑话。

难得有一次安安静静躺在床上的，手里还一定拿着一本杂志，研究这个季度的时尚潮流走势。

你不怕吗？有人小心翼翼地问出这句话。

做人最难的，就是无论面对什么刀枪剑雨，都得把自己哄高兴了。

一颗真心，放在任何璀璨的事物面前，都会瞬间压盖一切。

是啊，这种危及生命的大事，真的没有一丝恐惧和悲怨吗？

“有可能良性的呢，有什么好怕的？”

正能量姐姐摆摆手，仿佛患病的只是一个不相熟又还带点仇的人，“很快就过去啦。”

打针、体温、白细胞增减……

这些看上去一辈子都不会跟正能量姐姐扯上关系的词语，就这样每天出现在她的生活中，反复不止。

有一次，正能量姐姐终于忍不住偷偷向我抱怨了一句。“实在是有点儿无聊啊，极光。你下次来，帮我带几本笑话书好不好？”说完，她又豪迈地笑了两声，“我就负责在你把书带来之前出院，让你的钱白花，还不给报销。”

我带着全套的搞笑漫画再去医院时，得知了最终的确诊结果，是食道癌。

那时我们才知道，原来每次都笑得仿佛中了福彩一样的她，已经难以咽下固态的食物。

正能量姐姐努力让苍白的脸上浮出一个笑容：“只是比原来的厉害了一点点而已，没什么好怕的。”

后来大家回忆那天，都不约而同地表示，在看到正能量姐姐那个笑的时候，心里像被人狠狠揍了一拳。

眼前这个弱小女子的勇敢和坚强，其实远远超乎我们的想象。

大家自发地每天写卡片，托当天去医院探望的同事转交给正能量姐姐。

女生们送她各式各样的假发和帽子，让因为化疗而头发脱落的正能量姐姐依旧美得动人。

正能量姐姐就像她一贯的那样，积极配合治疗。

即使后来只能吞咽半流质的食物，她也坚持多吃一点，好让自己有更好的体力去对抗病魔。

也许是正能量姐姐的乐观打动了掌管生命的神祇，她的身体就这样一天一天好起来了。

像每一个拥有圆满结局的故事那样，康复势态良好的正能量姐姐获准出院了。

得到医生的首肯后，她在朋友的帮助下，化了一个淡淡的妆，戴上了一副新的美瞳，十分臭美地用美肤效果拍了一张自拍照。

照片上的她，虽然形容消瘦，却比任何时候都要美丽。

大家主动去帮正能量姐姐搬东西，正能量姐姐被女生们围住聊天，还不忘不好意思地说着谢谢。

但所有人都明白，该说“谢谢”的其实是我们。

与其说我们给了她鼓励和安慰，不如说是她给了我们难以估量的勇气。

后来有一天，正能量姐姐在我们微信上的讨论组发了一条微信，附上了一张照片。

她好像更瘦了，头发短短的，像一片在春天里复苏的草坪。

“再过两天我要去弄个特别酷的发型，让人一看就觉得‘We Will Rock You’的那种。”

大家嘻嘻哈哈地笑成一团，还纷纷出着关于新发型的主意。

可是正能量姐姐最终没有等到那个特别酷的发型。

在所有人始料不及的情况下，正能量姐姐的病情突然恶化了，重新入院。

这一次去，正能量姐姐没有那样笑着回来。

只是，大家都相信，她一定是被带去天堂，给那些天使们送去来自人间的正能量。

癌症赢了，正能量姐姐也没有输。

正能量姐姐的葬礼那天，所有人都到了。

大家穿着黑白两色的衣服，却发现葬礼上是一片温柔明快的紫色，仿佛是误入了哪家婚礼现场。

正能量姐姐的大幅照片摆在中间，在鲜花的簇拥下，真的像一位待嫁的新娘。

据说，这是正能量姐姐最后的遗愿，她说，她不喜欢戚戚惨惨的白色，她要走得喜庆。

时至今日，我还时常因为曾认识过正能量姐姐而深感幸运。

直至最后离开，正能量姐姐的乐观向上，也从来不曾改变。

也许，你有时会觉得人生混沌暗淡，但，像正能量姐姐一样活下去吧，这个世界，其实远没有我们想象的那么糟。

亲爱的正能量姐姐，你好吗？我们都很想你。

这世界唯一的你

You Are The Only One In The World

致渴望变好的你：

愿你能一个人度过所有

是应该努力让自己过上好一点的生活

我接到购物狂小姐电话的时候，还没开口，话筒里就劈头盖脸地传来一顿哀号，以及一大波饱含血泪的、对于我在朋友圈发美食照片这种恶劣行径的强烈控诉。

虽然她看不到，我还是忍不住耸了耸肩膀："亲爱的，路漫漫其修远兮，你就别妄想打车了。"

彼时电话那头的她，已经有一个月没有吃过一顿正经的午餐或晚餐了，只为了攒钱买下那只眼红好久的杀手包。

购物狂小姐常常做这样一个梦，梦中的她全身都挂满了各种品牌的购物袋，仿佛是那棵LV送给范爷的圣诞树。

她在这样的处境下，艰难地抬起一只手臂，任由挂在手臂上的购物袋"咣咣咣咣"地砸到自己脸上，还要中气十足地仰天呐喊："我不能停！我还得买！"

醒来后的购物狂小姐必然会为此仿佛牛反刍那样百般回想，直至热血沸腾，不能自拔，揣上钱包就直奔商场而去。

购物狂小姐毕业三年，有着一份还算符合心意的工作。

作为一名普普通通的小白领，购物狂小姐专业不见得有多精通，却对各种奢侈大牌的起源、发展、设计理念如数家珍。

她对各大商场的购物信息了如指掌，但至今也弄不清楼下那家鸡蛋灌饼到底是先放蛋还是先放葱。

无论是星巴克限量发售的随行杯，还是贵到翻天的奢侈品，只要入了眼，购物狂小姐就一定要搞到手。

譬如这次的杀手包。

购物狂小姐把自己的电脑壁纸、手机壁纸，各种壁纸都换成了那只包的图片，在大家外出就餐的时间里，购物狂小姐就着包包的美貌，默默地留在办公室啃饼干，硬生生地啃了一个月，连牛奶都舍不得喝。

在那段时间里，购物狂小姐看人的眼神，俨然带着表示饥饿的绿光。

也许是购物狂小姐的购物欲实在太过汹涌，在接连几任男友都忍受不了跟她分手之后，身边的人劝她：少买一点儿吧，少买一点儿吧。

“极光，你说说看，他们怎么能懂其中的快乐呢？你说，他们怎么能懂呢？”

购物狂小姐很不忿，她的眉毛拧起来，似乎正在聚力，以期捏碎手中的杯子。

当时的我还在替她惋惜那几段错失的好姻缘，也实在想好好劝一劝这位在所有人眼中执迷不悟的女子。

可此刻的购物狂小姐，听不得任何诸如此类的话。

于是，我十分委婉地提出建议：“不如，你先把用不上的，或者不喜欢的东西卖掉一部分，换个收支平衡，别人也就不好说什么了。”

购物狂小姐沉思了一会儿，仿佛被我说动了，我趁机推荐给她几个比较活跃的闲置物品小组。

第二天，据购物狂小姐自己的说法，她收拾了一堆在自己心中已经失宠的衣服、鞋子、饰品，一大早就赶到提前约好的买主那里去。

收到她的短信后，我回了一条短信为她打气。

这股气刚打过去不久，我就接到了购物狂小姐的电话。

“极光！”她的语气中有异常的兴奋在跳跃，连讲了三声“哇靠”之后接着说，“棒极了！那人家里有两件T恤，就是上次我跟你说的那个限量版，全新的，真是爱死了！”

于是购物狂小姐不仅把刚刚赚来的钱如数还给了人家，还搭进去不小的一笔。

随着对购物狂小姐了解的加深，我也开始对一件事情深信不疑，如果有一天购物狂小姐将不久于人世，那么只要在她耳边轻轻说一句“那什么什么出新款了哟”，肯定比喂一颗仙丹还要管用。

又用近乎自残的方式买下几件奢侈品后，购物狂小姐确确实实地消停了一段时间，也不怎么再跟我提起最近的扫货计划。

浪子回头？还是闭关疗伤？

我的猜测没有维持太久，购物狂小姐就又找到了我。

这一次，她让我为她那些看得比命还重的包包们找一个新主人。

购物狂小姐一向身体健壮的父亲，却在晨练结束回家的路上突然晕倒了。

购物狂小姐匆匆赶到医院时，隔着厚厚的玻璃，只看到父亲那张戴着氧气罩的略显苍白的睡脸。

但总算老天有眼，父亲的肿瘤最终被确诊为良性，只是手术费不菲。

购物狂小姐是家中的独女，又是一名孝女，坚持要把父亲转到最好的医院，给父亲最好的治疗。

可是购物狂小姐的所有家底，几乎全都死在她轰轰烈烈的购物上了。

借钱无果，几夜痛苦的挣扎过后，购物狂小姐终于把主意打在了她那些平时心疼得跟自己亲生的孩子一样的包包上。

购物狂小姐虽然爱买，但眼光也确实好。

那些包几乎每个都是限量版，加上购物狂小姐平日里用得仔细，成色都在九成新往上，它们不但没有跌价，随着奢侈品的年年涨价，反而还升了值。

经过一番折腾，不仅凑齐了父亲高昂的手术费，竟然还有余出的一部分。

购物狂小姐一夜之间失去了她所有的心头肉，却没有我想象中的那份沮丧、失落，眉眼之间甚至还洋溢着几分得意：“看看，怎么说的，关键时刻可防身！姐多么有远见，就差去南海画一个圈儿。”

渡过了家庭的难关后，稍稍休养生息了一阵子，她立即就继续投身于疯狂购物的大潮之中，又做回了购物狂小姐。

对购物狂小姐来说，购物就像是滴在生锈齿轮上的润滑剂，是生命中的点睛之笔。

即使生活再怎么枯燥艰难，也会因此而有声有色。

在这一场场购物中，她真的享受到了快乐。

以后的日子里，购物狂小姐开始把自己的购物和搭配心得写成一篇一篇的长微博，分享在网上。

她渐渐地成了时尚名博主，有了一批奉她为标杆的粉丝，淘宝上竟然还出现了以她的名字做前缀的同款。

购物狂小姐的日子因为购物而变得越来越活色生香。

她开了一家以自己的名字命名的网店，还去国外进修了服装专业，开始操刀做起原创设计师。

这一次，她终于曲线救国成功，开始真正地去做自己所热爱的事情了。

“还会继续做一个购物狂吗？”我问她。

她翻个白眼说：“哼，不忘初心好嘛！”

是应该努力让自己过上好一点儿的生活，哪怕，要费点力气折腾。

如若年轻，就不应该安于廉价的安逸，得让自己的昂贵欲望得到实现。

不然等年纪再大一点儿，这个世界就没有什么能打动你了。

所以，这也许就是很多跟购物狂小姐一样的年轻人，早起睡眼惺忪地去赶一班沙丁鱼地铁，却依旧要买一个LV包包的原因。

也许他们不见得都如同购物狂小姐一样，买出了自己的一片天。

可是，他们却都懂得讨好自己，为自己惨淡的青春岁月，镀上了一层爱自己的奢侈金色。

爱好自己的人，才有力量爱别人

委屈小姐跟男友相识于大学，据说是一见钟情。

虽说大学里的恋爱一路上也不乏坎坷，但两人的甜蜜度却始终不减，平稳顺遂地走过了四年，俨然是众人眼中情比金坚的模范情侣。

毕业那天，大家忙着互诉衷肠、依依惜别的时候，他们牵着手去民政局领回了两个小红本，成了不顾计划生育政策，早婚的典型代表。

婚礼当天，由于刚刚毕业，大家彼此还熟络着，但凡关系亲近一点的人几乎全部到场。

致贺词的时候，同寝室的姐妹们讲到动情处，还忍不住跟委屈小姐执手相看泪眼："整个班里就成了你们这么一对，一定要三年抱俩，白头偕老，看好你们哦！"

按照纯爱小说的路线，这段守得云开见月明的爱恋，本应是一桩花好月圆的美事。

然而，在他们结婚的第二年，委屈小姐就遭遇了人生当中的第一波巨浪。

那一日，丈夫下班回来，一边喊累一边迈进了浴室。

委屈小姐拿起他换下的衬衣准备去洗，轻轻一抖，衣服上的香水味道扑面而来。

丈夫工作的办公室是按人员各自负责的部分进行分区，跟丈夫同一片区域里的几乎都是男性同事。在这之前，他的衣服上也从来没有沾上过香水味。

而委屈小姐自己，从来不用香水。

看多了八点档的委屈小姐立刻联想到无数狗血淋头的家庭伦理剧，以及那首著名的怨妇神曲《香水有毒》。

兴许只是应酬而已。

委屈小姐这样安慰自己，在脑海中自动循环的胡杨林的歌声里，强迫自己忘掉那些不好的念头。

只不过，在爱情里，每一个女人都是福尔摩斯。

也许是天生的神探因子发挥起来就不受控制，委屈小姐开始不断地从丈夫的行为中发现蛛丝马迹。

比如，他开始带着手机上厕所，一待就是一个多小时。

又比如说，他开始利用闲暇的时间做运动，包括睡前也要做三十个俯卧撑，但当委屈小姐看得面红心跳、浮想联翩的时候，他却又倒头睡了。

自此之后，丈夫回家的时间越来越晚，跟委屈小姐的交流也越来越少。

这样的事情堆得多了，委屈小姐不愿相信却也不得不猜测，丈夫可能是出轨了。

委屈小姐下定决心，无论如何，也要求一个真相。

那天丈夫回家之后，委屈小姐迎上去，旁敲侧击地问他最近总是晚归的原因。

丈夫却表现出一副极度不耐烦的模样，眼神不断闪躲，不敢与委屈小姐对视，匆匆进了浴室洗澡。

委屈小姐一阵落寞，视线落在了丈夫刚脱下来的外衣上。

她一直认为，查岗是感情破裂的始作俑者。

但事已至此，委屈小姐终究还是忍不住从外衣口袋里掏出了丈夫的手机。

丈夫习惯用姓名首字母来标记号码，委屈小姐翻看了一下通讯录，凭借女人的第六感，给只用一个字母“L”来标记的号码发了条短信，问：“在干吗呢？”

很快地，委屈小姐收到了回复，只有短短的五个字。

“想你啊，宝贝。”

委屈、不甘、失望，齐齐涌进脑子，委屈小姐一个忍不住，“哇”的一声哭了出来。

丈夫闻声慌忙跑出来，一看到委屈小姐手中亮着的手机，脸色立刻变了。

面对委屈小姐的哭喊和质问，丈夫哑口无言，点头承认了。

那晚，丈夫在卧室门外苦苦哀求了一整宿，委屈小姐终究还是心软了。

无论如何，我们是一个家啊。

她想：我们还可以重新开始。

委屈小姐就这么原谅了丈夫，他断了与“L”的联系，也似乎慢慢有了一副洁身自好的做派。

日子不咸不淡地过去，直到他们结婚纪念日的那天。

委屈小姐从中午就开始忙活，张罗了一大桌子菜，等丈夫回家共度浪

漫的二人世界。

丈夫却仿佛全然不记得这件事，直到第二天凌晨才回家，还带着一身的酒气。

委屈小姐眼巴巴地等了一整晚，眼见他这副样子，怨气更重。

丈夫本来就有一些不清醒，听着委屈小姐无穷无尽的埋怨，酒劲儿一上来，动手打了委屈小姐一个耳光。

“啪”的一声脆响，不知道是因为震惊还是因为疼，委屈小姐，蒙了。

几秒钟后，她摸着被打得麻木的半边脸，抑制不住，放声大哭起来。

丈夫扯住她的头发，把她整个人用力甩到地板上，然后自顾自回屋了。

委屈小姐终于无法忍受，跑出家门，去了闺蜜那里。

闺蜜听完了事情原委，又心疼又同情：“你怎么不报警啊？”

委屈小姐一边抽泣一边说：“我不想闹那么大。”

闺蜜无奈，只得集结了她们大学时代的姐妹团，一起声讨家暴男，为委屈小姐主持公道。

当几个女生围着哭哭啼啼的委屈小姐，气势汹汹地杀回去找家暴男时，丈夫当即跪在了委屈小姐面前，悔恨得如同错手杀了人，求委屈小姐原谅自己。

委屈小姐慢慢止住哭，蹲下去抱住了痛哭流涕的丈夫，做出了一个闪着泪光的决定——再给他一次机会。

委屈小姐心中有一个对“家”的基本概念，就是团圆。

只要一家人能够和和美美，那么哪怕自己暂时受点委屈，又有什么不行的呢？

更何况，他不是知道错了吗？

姐妹们当场惊得眼珠子都要掉出来了，全都被这深情拥抱的一幕堵得一句话也说不出，面面相觑了一会儿，相继甩手走了。

家暴风波就这么过去了，丈夫仿佛也真的痛改前非，对委屈小姐百般体贴，俨然一个顾家好男人。

委屈小姐心生欣慰，自己当初选择忍气吞声，总算是守得云开见月明了。

然而，世间的事，哪有那么顺理成章呢？

不久之后，委屈小姐怀孕了。

委屈小姐满心欢喜，数着日子安心地等待着小生命的降临。

然而，委屈小姐的丈夫却又开始了早出晚归，种种情态和第一次出轨时一模一样。

有了前车之鉴，委屈小姐细心观察后，发现丈夫果然又一次出轨了。

委屈小姐大闹起来，揪住丈夫偏要讨个说法。

丈夫终于不耐烦了，大力一推，委屈小姐迎面撞上电视墙，鼻梁磕在墙的棱角上，差点儿痛晕过去。

委屈小姐又一次带着累累的伤痕来到姐妹团中间，哭诉着命运的不公。

只是，仿佛是一篇新版的《狼来了》的故事，这次大家看着眼前这个可怜的女人，连同情也提不起来了。

闺蜜听着委屈小姐呜呜咽咽的哀泣，看着她有些乌青的额角，恨铁不

成钢地说："像这种渣男，你还跟他耗什么，趁早离婚算了！"

委屈小姐听到之后却一下子黑了脸："你凭什么这么讲他？"

被指责的闺蜜也火冒三丈，拍案而起。

"事情到了这个份儿上，哪一步不是你自己作出来的？你还这样一直逃避，他究竟有什么好的？"

委屈小姐慢慢低下头，没有回答，起身离开了。

没有人知道后来发生了什么，委屈小姐就这样连同她千回百转的家庭生活一起，渐渐淡出了大家的视线。

有人说她离了婚，一个人带着孩子，也有人说孩子没有了，还有人说她又原谅了丈夫，还像原来那样过日子。

总而言之，生活还在继续，委屈小姐却渐渐地从这个朋友圈中消失了。

出轨和家暴都是一种习惯，有了第一次，就会有第二次，第三次，四五六七无穷尽矣。

若有朝一日不幸遇上，请坚决地一刀两断。

你越是忍让，就越容易让对方仗着宽容肆无忌惮。

以委曲求全换取的和平，都只是昙花一现的假象。

什么是家？有爱的地方，才能是家。

没有爱的家，只是一所只能饮鸩止渴的监狱。

生命太短，爱自己，不委屈自己，才是人生最大的准则。

把心交给懂你的人，别再白白浪费你的好

卑微小姐是平凡无奇的世界里一个最平凡无奇的人。

卑微小姐总是低着头独来独往，没有朋友也没有恋人，生活得如同隐形人。

在我这个充斥着牛鬼蛇神的朋友圈里，卑微小姐人如其名，卑微得就像一个坏掉的灯泡，没有电流也发不出光亮。

在她生活中伴随着她的，是无止境地道歉、感谢、付出和帮助。

如果某天你不小心向卑微小姐施以恩惠，那么相信我，在接下来很长的一段时间里，你都会过着衣来伸手饭来张口的好生活。

我跟卑微小姐成为朋友是在大学的一堂公共课上。

那天我正在课堂上睡得昏天黑地，卑微小姐悄悄走进教室，在我旁边的座位坐下。

可那个座位凑巧坏了，坐下去的时候，整块木板翘起来掉在地上，发出一阵嘈杂的响声，卑微小姐重重地摔到了地上。

被这巨大的声响惊醒，我起身看着坐在地上的卑微小姐，她面部狰狞、龇牙咧嘴地扶着自己的屁股，胳膊被椅子的棱角划出一道口子，正往外渗着浅红的血。

“你没事吧？”我伸手扶起她问。

“对不起啊，我把你吵醒了，都是我太不小心了，实在是对不起。”她没去管手上的伤口，反而一脸愧疚地对我说。

当时我就震惊了。

对于像我这样如果摔到后一定会站起来痛哭骂娘，继而需要一把火烧了

这把椅子才能泄愤的人来说，卑微小姐这种“先人后己”的做法，就像是天使向我投射了一道圣洁的光。

卑微小姐是个好人，为什么没有人跟她做朋友？那一刻的我愤然地想。

从那天开始，卑微小姐就开始无条件地各种对我好，帮我做笔记，给我带早饭，甚至还帮我洗过衣服，逛街的时候还不忘冲上来帮我提包。

其间各种匪夷所思的道歉如影随形。

“对不起，笔记我抄错了几个字，画掉了，你别介意。”

“对不起，今天的早饭我忘了跟食堂大妈说，她放了一点儿辣椒，我知道你吃辣，但是昨天我发现你有点咳嗽，对不起啊，都是我不好。”

……

起初我自恋地以为卑微小姐是爱上了火树银花的我，后来无意间我才知道，她一直对那天上课吵醒我的事情耿耿于怀，做这些事情只是为了弥补那天犯过的错。

我与她就在这样的过程里，变成了朋友。

她依然为我做着各种事情，带着一颗满怀歉疚的心，我无以为报，也倍感压力。

我旁敲侧击地劝过卑微小姐很多次，告诉她不需要再为我做这么多，但每次她都只是笑笑，并用悠扬清新的声音对我说：

“没关系的，是我不好，我做了不对的事情。”

一个偶然的机会，我得知卑微小姐原来一直在暗恋导演系的一位帅哥。

那帅哥清新帅气，英姿飒爽，风趣幽默，待人诚恳，我跟他一起吃过几次饭，竟也一度想要掰弯了自己投入他的怀抱。

卑微小姐喜欢他，我一点儿都不意外，因为这样一个人间尤物，男女通吃老少皆宜，没有人会不喜欢他，而且最难能可贵的是，他不是gay。

我跟导演系帅哥虽然算不上密友，但也有点交情。

在电影学院这样一个美女如云的地方，他能一直两袖清风、不为所动，至今还没交女朋友，那他喜欢的类型，一定与众不同。

我看着当时正坐在我身边帮我抄笔记的卑微小姐，她不漂亮，但五官也算精致，打扮得不时髦，但也算朴素舒适，最重要的是，她是个善良、低调且谦虚的人。

天生有颗媒婆心的我，决定试着撮合两个人一次。

也算是对卑微小姐这些日子来对我照顾的报答。

缘分就是这么美妙的东西，导演帅哥对卑微小姐极其满意，他说他喜欢这种细心又替别人着想的女孩，相见恨晚。

很快地，卑微小姐和导演帅哥就在别人羡慕嫉妒恨的目光中，坠入了爱河。

在我看来，这样美好的卑微小姐和导演帅哥可以算得上天作之合，而我也觉得，我跟卑微小姐之间千丝万缕的恩怨，也该随着她新恋情的到来而画上个句号了。

可事实上，卑微小姐并没有放弃我，她变得更加忙碌起来，她买两份饭，抄两份笔记，洗两份衣服，其中一份，依然是我的。

“极光，谢谢你，我真的不知道要做些什么才能报答你。”卑微小姐手里拿着我换下来的袜子和内裤，目光灼灼地对我说。

我尴尬地挠挠头，伸手刚想去拿回那几件贴身衣物，卑微小姐就帅气地

转了个身，一阵阴风般地飘走了。

我羞愧地捶墙，是要我怎样？难道真要转学或者去死才能逃脱魔掌吗？

那天起，我按时吃饭，认真做笔记，及时洗衣服，即便没洗也要装模作样地挂在阳台上，凡事绝不拖沓，生生被卑微小姐逼成了一个雷厉风行的好孩子。

就这样，卑微小姐消停了好一阵子。

转眼就到了大四，大家都开始实习，很少待在学校，我跟卑微小姐见面的次数也自然变少了很多。

在一次饭局上，我遇见了导演帅哥，才得知他跟卑微小姐已经分手了。

几杯黄汤下肚之后，导演帅哥有了几分酒意。

他端着一杯酒坐到我旁边来，劈头盖脸就问我："极光，那女的到底怎么回事儿？"

我一头雾水地听导演帅哥跟我抱怨着，从一开始交往，卑微小姐就扮演着用人的角色，事无巨细地照顾着导演帅哥的饮食起居，就连他上厕所，卑微小姐都恨不得伴随其左右，帮他擦屁股和冲水。

有一次卑微小姐不小心把橙汁洒到他身上，愧疚得满眼泪光，几乎下跪。

"我真心受不了了。"导演帅哥苦着脸说，"是个好姑娘，但是怎么就这么不招人喜欢啊。"

我只是笑笑，没说话。

毕业那天，我看见卑微小姐，依然独自一人低着头默默地穿过人群，暗淡无光。

从那之后，我便再也没有见过她。

时隔多年，我不知道卑微小姐现在是不是依然在做着一个把自己低到尘埃里的人，她曾经对我说过，人要懂得感恩，要与人为善。

可是亲爱的卑微小姐，我们是站在天平两端的人，你加码太多，就会下沉，沉到底时，就会把另一端的我们远远地弹开。

如果你此刻正在看这个我写给你的故事，那请你一定要记住，那些值得你对他好的人，不是因为你亏欠了他们多少，而是因为，他们能用同样真诚纯净的心去待你。

愿你幸福，愿善良的你，不再孤单。

谢谢那些拒绝你的人，是他们成就了更好的你

拒绝先生非常怕别人拒绝他，他很脆弱，脆弱到从小起每次遭遇拒绝，他都像中枪般难过好一阵子。

长大后，拒绝先生发现了不被人拒绝的方法。

那就是，在别人拒绝他之前，先拒绝别人。

拒绝先生的理论很简单，有时候帮忙帮得不到位，反而会适得其反。

不如就直接拒绝，大家好，我也好。

假如人人都有这样的觉悟，世界何愁变不成美好的人间啊！

拒绝先生就这样坚定地贯彻着他的拒绝原则，仿佛练了一身铁布衫。

直到他在一次饭局上认识了一个女孩，惊为天人。

只不过，拒绝先生惊的是世界上怎么会有这样有求必应的人呢？

那个姑娘，按照现在的说法，就是百分百的便利贴女孩。

按一般偶像剧的走向，这样的姑娘通常都会稀里糊涂睡了高富帅，怀上意外胎，挤走白富美，成功嫁豪门，化为一代名媛。

然而，便利贴小姐并没有这样的好运气。

除了确实被大家到处支使以外，再没有任何一点跟偶像剧情节重合的东西。

点菜加菜、递水倒酒，甚至餐毕打包，只要有人让她做，便利贴小姐就一定会一口答应，仿佛豪门大院里的贴身丫鬟，并且似乎所有人都可以是她的少奶奶。

拒绝先生眼睁睁看着这一切，心中的不敢置信多到仿佛见全了整本《聊斋志异》的鬼。

饭局结束后，一行人又到了附近的一家KTV唱歌。

众人争当麦霸，只有两个人默默地坐在角落，缩成一只鸵鸟。

一个是便利贴小姐。

而另一个就是出于好奇而一直悄悄观察她的拒绝先生。

他想看看，这个女孩到底会不会有一次拒绝。

然而拒绝先生盯了将近两个小时之后，恨不得自插双目以告慰自己这颗被震碎了的男人心。

换话筒、要饮料、叫服务生……

便利贴小姐就这样被使唤着一趟一趟往外跑，也一次一次刷新着拒绝先生新的下限。

实在是看不下去了，拒绝先生去卫生间，保持四十五度仰望的姿势，忧伤地抽完了一支烟。

他榨干了所有的脑细胞也想不明白，她为什么不拒绝呢？

这种连最起码的自我保护都不懂的人，真是不可原谅。

等拒绝先生从卫生间回来，便利贴小姐却不见了。

终于还是忍不了了！

在这种情况下，如果不好意思拒绝，撂挑子离开也是个不错的选择。

拒绝先生这样想着，甚至有些欣慰的暗喜。

可他坐下来没到两分钟，便利贴小姐就喘着粗气再次出现在包间门口，手中提着两大袋——煎饼果子！

拒绝先生当即石化在众人兴高采烈分煎饼果子的热烈氛围中。

他完全想象得出，大家是如何理所应当地打发便利贴小姐去做这件事，而便利贴小姐又是满脸笑容地应下，抄起外套“噔噔噔”地跑出包间，直奔楼下的小摊而去。

当天晚上，拒绝先生从朋友那里拿到了便利贴小姐的联系方式。

回家之后，拒绝先生回想着便利贴小姐的表现，怒气上脑，电话直接打了过去。

对方刚软软地“喂”了一声，拒绝先生就连珠炮一样指责起她的各种软弱行为。

为什么要逆来顺受呢？为什么不拒绝呢？你是女雷锋还是活菩萨？下一步是要积累功德，塑金身进庙里赚香火吗？

字字铿锵，句句犀利，满是恨铁不成钢。

直到拒绝先生说到再没什么好说的，才发觉便利贴小姐一直没有说话。

拒绝先生接连“喂”了好几声，听筒那边才传来便利贴小姐极力压抑哭腔的应声。

拒绝先生有点儿慌了，他只是想警醒一下这个女孩，而不是来捅刀子的。

他连忙想了几个冷笑话，试图化解此刻尴尬的气氛。

可拒绝先生的笑话实在是太过蹩脚，但一想到他此刻狼狈慌乱的神态，便利贴小姐还是笑了出来。

她突然觉得，这个莫名其妙打电话过来痛骂自己的男孩，其实也挺可爱。

两个几乎不认识的人，就这么聊了一整晚。

直到整个世界在晨曦中苏醒过来，映出微微的光，便利贴小姐说，我请你吃早餐吧。

拒绝先生想了想，收起了补觉的念头，没有拒绝。

吃完早餐分手时，便利贴小姐就昨晚的电话，对拒绝先生说了声谢谢。

关心和重视，即使是以这样的方式表达，于她来说，也是很温暖的。

拒绝先生在这个春光明媚的清晨，突然有点害羞了。

从此之后，拒绝先生和便利贴小姐的联系渐渐多了起来。

但拒绝先生的主题永远都是——今天你拒绝了吗？

他们经常约在一起吃饭，拒绝先生总会问起便利贴小姐今天遇到了什么人什么事，有没有在合适的时刻做出拒绝。

而便利贴小姐十之八九，只能面对拒绝先生的质问，可怜兮兮地保持沉默。

拒绝先生恨铁不成钢，却也在不知不觉中渐渐生出了一丝爱怜。

等到这种爱怜占据了情感高地，拒绝先生才发现自己居然爱上了不懂拒绝的便利贴小姐。

在一起之后，拒绝先生认为，越是便利贴小姐这种不响的鼓，越要用重锤敲，于是对便利贴小姐也越发不留情面。

然而，要学会拒绝，哪是这么容易的事情，尤其是对于便利贴小姐。

一天一天过去，拒绝先生的态度越发凶恶，但便利贴小姐却好像丝毫没有什么长进。

有一天，便利贴小姐因为没有拒绝同事的求助，多加了三个小时的班。

回到家，拒绝先生又冲便利贴小姐发了火。面对怒火焚身的拒绝先生，便利贴小姐第一次反问：“你是不是很想让我学会拒绝？”

拒绝先生想当然地说了是。

便利贴小姐点点头，那，我就拒绝你吧。

什么？拒绝先生一下子冷却下来，他无法适应这种逻辑。

便利贴小姐很认真地看着他，说，虽然在你眼中，我是一个受害者的角色，但事实上，我也并没有不开心啊。

你有没有想过，那些要求没有让我多么不好过，最让我为难的，反而是你。

拒绝先生懵懵懂懂地听着这些话，没有像琼瑶剧那样摇着便利贴小姐的肩膀三呼“为什么”，只是他想不到，自己想要的那个结果，竟然会首次应验在自己身上。

即使不想承认，他还是真的，狠狠地难过了一下。

但是这次分手，似乎让很多事都悄然发生了改变。

便利贴小姐开始会拒绝一些自己真的不愿意做的事情。

其实，她也不是任何时候，都愿意做便利贴女孩的。

原来懂得拒绝别人，感觉这么好。

而拒绝先生，似乎也不太一样了。

他开始答应那些自己力所能及的请求，甚至也会在你手足无措的时候，主动问一句，要不要我帮你？

大家都觉得拒绝先生变了。

他现在依然有原则，却不再是一个冷面人。

拒绝先生开始很受大家欢迎，朋友也多了起来，后来还交到了一个很适合自己的女朋友。

那一刻，拒绝先生才发现。

在一段感情中，对方的拒绝，其实也是一种温柔的慈悲。

这种拒绝，不拖着你，让你发现自己，让你认清自己，让你成长为一个更好的自己。

让你有朝一日，遇到一个好人，懂得珍惜。

我们总是会忘记那个拒绝过我们的人，甚至会恨他。

其实，我们都欠他或她一句谢谢。

谢谢拒绝我们的他们，让我们遇到今天更好的自己。

这世界唯一的你

You Are The Only One In The World

爱情里事与愿违的你：

距离你的喜欢，我，还有多远

在爱情里，众生平等

欢场小姐是我在夜总会认识的。

别误会，我不是个花天酒地的人，只是做过一阵子销售工作，为了拉客户、签单子，总免不了要陪着去一些声色场所。

虽然有公司买单，尽管我也不是什么道德感爆棚的人，但我还是甚少带小姐出台，因为总觉得用金钱买来的性爱真心没什么意思。

我人生中第一次带出台的人，就是欢场小姐。

那天几个客户都喝得醉醺醺的，硬要我选一个带着，为了不扫客户的兴致，我便从一群人中选中了最不起眼的她。

她矮矮小小的，不漂亮，脸上长着可爱的雀斑，连粉都遮不住，在一排站出选美架势的小姐中努力挺着自己的小胸脯，像个生怕被人遗忘的小孩。

几个人纷纷点了自己喜欢的，每点一个，她脸上就浮现一分失望和不安。轮到我的时候，我轻轻地抬手指了她一下，她有点不确定，指着自己并用眼神跟我确认。

我点点头，她才放心又雀跃地蹦跶到我身边来。

“哟，眼光果然跟大家不一样啊。”几个客户取笑我，我也没在意。

酒过三巡，大家开始各自起身带着自己挑的姑娘走了。我坐在包间里，有点尴尬。

“走吧？”欢场小姐对我讲，拿起了自己的包包，我也只能硬着头皮跟她走出夜总会。

那时我穿衣打扮还没现在这么花枝招展，只是衬衫加黑框眼镜的宅男样，走在路边，跟一旁浓妆艳抹的欢场小姐很不般配。

“你从没带小姐出过台吧？”欢场小姐问我。

“你怎么知道？”

“这行干久了，什么人我都见过，再说你把紧张和尴尬都写脸上了，傻子都看得出来。”

“不好意思啊，我其实没打算跟你……那什么的……”

“有什么不好意思的，我看得出你不是那种人。不过你们钱都付了，我肯定是不能回去的，不然老板得骂死我。不然我们聊天吧，不陪睡，陪聊也行。”

“行。正好饿了，边吃边聊吧。”

我跟欢场小姐在路边的一家大排档坐下来，点了几个菜和两瓶汽水，就着北京喧闹的夜色聊了起来。大概因为那是一次花了钱的高成本聊天，所以我聊得特别投入。

欢场小姐很敬业，在我抱怨生活艰难、工作辛苦、上司刁难的这个漫长的过程中，她从始至终都认真地听着，没有露出过半分不耐烦的神色，那是我有生之年最痛快淋漓的一次抱怨，到现在想起来还觉得特别温暖、敞亮。

“其实我说句公道话，谁活得都不容易。打个比方，你们的难处是被上司刁难，而你们上司肯定也有你们所触及不到的难处吧。”

“也许吧，不过如果可以，我更愿意去享受他们的难处。”

“哈哈，放心吧，你一定可以的，我看得出来。”

“那你呢？你也不是北京人吧？为什么要到这个城市来？”我原本想说干这一行在哪儿不是都一样，何必非得往北京跑，但是转念一想，这话一来也许会刺着人家的痛楚，二来是觉得不管干哪一行都得有上进心，都得往高处爬嘛。

“因为这个城市，有我曾经爱过的人。”欢场无真爱，可爱情却是人人都拥有的东西。我惊讶地看了看欢场小姐，她低下头扒拉了一口米饭。透过她忽闪忽闪的假睫毛，我看见她的眼睛里充满了悲伤。

“那他在哪儿呢？”

“我不知道。”欢场小姐耸耸肩，故作轻松地说。

“那你……为什么不去找他呀？”

“找什么呀，断都断了，再说了，欢场无真爱，干我们这一行的哪还有什么资格去爱别人。”

我不知道该说什么，其实我很想告诉她这世上的每一个人都有享受爱情的权利，不管是单恋、暗恋、相恋或是失恋，每个人都应该有这样的权利。

可那时的我，还没有这样的勇气与这世上的不公平为敌，便索性沉默了起来。

“我给你讲个故事吧。”看我不说话，欢场小姐接着说，“是我认识的一个女孩的故事，有点俗，你忍着点儿。”

她调皮地笑了笑，眼睛里闪过一瞬间的天真。

“嗯。”

“女孩上高中的时候，爱上了一个男生，女孩大大咧咧的，觉得喜欢就应该去追。女追男隔层纱，两个人很快就在一起了，而且关系特好。不过高考的时候，女孩落榜了，男的考到北京的一所大学。女的决定放弃读书跟着他去北京，他上学，她打工，有种相依为命的壮烈。北京这么大，即便在一个城市，见面的机会还是很少，但她没有怨言。男孩是学美术的，平时的开销特别大，所以女孩有时候会用自己存的钱资助他。慢慢地，也就成了习惯。她会把每月赚来的钱分成两份，多的那份给他，剩下的留着自己用。可是生活多难呀，那点钱根本不够两个人用。后来，女孩听朋友说在KTV做公主不过就是陪客人唱唱歌、喝喝酒、聊聊天，赚钱还不少，于是她就去了。女孩每个月赚的钱多了，资助男友的也就多了。可时间不长，有一天，她服务的客人竟然就是自己的男朋友。被男朋友认出之后，他便再也没有用正眼瞧过她，任由自己的朋友跟她喝酒、聊天、勾肩搭背，女孩觉得那几个小时过得比她的一生还要漫长。”

欢场小姐讲到这里，停了一会儿，发了一会儿的呆。

“后来呢，男的跟她分手了吧？”我问。

“没有！反而是男的打了一通满是愧疚的电话，说对不起她，以后赚了钱一定娶她，让她过好日子。女孩很感动，于是也加倍努力地赚钱。可是有一天，她在路上看见男的搂着另外一个女孩的肩膀，他陪她逛街，给她买了好多漂亮的衣服。那一刻女孩的心突然很疼很疼，她想这些年来男孩从未给她买过一件礼物，而且他现在为别的女人花的钱，是自己每天晚上陪喝、陪唱、陪笑挣出来的……很可悲吧？她真是个可怜的女人。”

欢场小姐不说话了，又低头开始吃饭。

“后来呢？”我又问。

“后来这女孩就再也没给那男的一分钱，她换了手机号，搬了家，删了QQ，换了工作，从此就从这男的的生命中消失了，之后再也没有联系过。也算是条女汉子了吧，起码没拖泥带水哭着喊着去质问男的为什么要这样对她，在这一点上，我特佩服她。”欢场小姐笑着说。

“这是……你的故事吗？”我小心翼翼地问。

“你觉得是，它就是喽。”欢场小姐忽闪着眼睛。

我实在不是一个好的聊天对象，因为我在听完这个故事后，除了轻微的

悲伤，竟想不出任何一句能够安慰她的话。

“哈哈，你还真信啊？”欢场小姐突然夸张地笑了，一边笑一边推了我一把，“这是我编出来骗客人的，我经常会编各种故事，讲给不同的客人听。哈哈，要是我不做这一行，说不定我能当一个很好的作家呢。有人不是说嘛，做小姐和做编剧没有分别，一样是作假，这样看来，还真是……哈哈哈哈……”欢场小姐笑得弯下腰，笑得眼睛里全是泪。

我坐在一旁不出声，安静地等她笑完，然后她看着我，擦了擦眼泪，接着对我说：“你别生我气，其实这是我职场上的一项技能，我的很多同行都比我漂亮，比我身材好，我要没点儿杀手锏，早晚会被淘汰的，任何一行都是有竞争的呀。”

“那你这算什么技能，博人眼泪、赚人同情？然后再告诉别人故事是假的？”我有点不高兴地说。

“当然不是，换作别人我不会告诉他们故事是假的。可你跟别人不一样，因为我觉得你在跟我聊天的过程中，起码有那么一瞬间，你是把我当成朋友的。”

“那你为什么要编故事骗别人呢？”我没否认，接着问。

“其实呢，每个男人都有拯救女人的欲望。在我讲故事的时候，他们可怜我、同情我，然后觉得照顾我生意就是在帮助我，这样一来，他们从中得到了更大的快感。有时候我觉得，我卖的其实不是身，而是我的故事和男人们可怜的英雄梦想。”

欢场小姐说这些话的时候，她正看着远方的月亮。

月光洒下来，照在她的眼睛里，闪烁着耀眼的光辉。

那是我唯一一次带小姐出台，也是我唯一一次见到欢场小姐。

时至今日，我成了一个写小说的人，做了一份在欢场小姐口中跟做小姐没什么区别的职业，我写了很多故事，然后貌似打动了很多人。

但大家彼此都心知肚明，这些故事是假的。

我们永远在别人虚假的故事里，流下自己最真实的泪。

所以更多的时候，我宁愿相信欢场小姐讲的那个故事是真的，相信她流的泪、动的情是真的。

亲爱的欢场小姐，但愿有一天，你真的会像你说的那样成为一个作家。

我相信，你一定会做得很好，也希望有一天你能找到真正爱你的人，然后幸福地生活下去。

希望你永远记得，在爱情里，众生平等。

无论你有过怎样的过去，只要你相信，信者得爱。

好的爱情，不会让你打折

手表上的秒针指向“十二”的那一瞬间，仿佛能听见秒针的“咔嚓”声响。

打折小姐便火速拎起包，“嗖”的一声离开了办公室，速度快到简直要霎时飞起，宛若猛虎下山。

她要在某家新开的饮品店“前一百位半价”的活动截止之前，准时赶赴现场。

如果说世界上有什么事物能让你一眼看到就充满感恩的，那可能是水，可能是阳光，但对于打折小姐来说，无疑就是四个鲜红的字母——sale。

“哪里有打折哪里有我”是打折小姐坚决贯彻的人生信条。无论是只有一点点折扣的高档化妆品，还是超市里贴了促销标签的小黄瓜，在打折小姐眼中，都无比值得抱回家去。

她如此热衷于扫购各种打折品，丝毫不在乎是否真的用得上。

以至于有时兴致勃勃地把新的战利品放到柜子中，才发现家里已然有了不少相同的东西。

朋友到她家中做客，走的时候总是被迫带走一管牙膏、一瓶漱口水、一瓶洗手液，都是在屈臣氏“购满三件一件免单”或者“两件八折”的时候囤下的。

可囤得太多，实在是用不完，只好就以这种方式送掉。

我在收到三瓶漱口水、两件优衣库的79元T恤，以及半打H&M的袜子后，即使是真的有正经事，也再不敢去打折小姐家。

我们谈起打折小姐，总会不自觉地担忧她这样为打折痴狂，究竟要怎样的神通才能够将其收服。

所以说，命运总是不能被凡人参透。热爱打折品的打折小姐，就以一种那样出乎意料的方式，遇到了热爱一掷千金的豪气先生。

说起他们的相遇，真是巧合得可以。

豪气先生喜欢的蛋糕品牌在自己家楼下开了分店。

新店开张总有优惠活动，也总有乌泱乌泱的人群。

就在豪气先生排队排到几乎要没有耐心的时候，有人突然在身后拍了一下他的肩膀。

豪气先生转过身来，站在他面前的是面带微笑的打折小姐。

打折小姐看着这个高她一头似乎面色不善的陌生男人，用卖安利一样的语气问："先生……您喜欢吃这家店的蛋糕吗？"

在豪气先生真的要把她视作推销员的一瞬间，打折小姐扬一扬手中的两张优惠券："咱们能拼着用一下优惠券吗？"

接下来，在打折小姐十分专业地向他解释两个人拼着用优惠券是多么划算的那段时间里，豪气先生重新打量了一下打折小姐。

豪气先生在他既有的二十八年的生命中，在消费方面，一向如此潇洒随意、不差钱，仿佛一台活的ATM机。

前前后后，他也遇见过不少女孩，无一不是像他这样随着性子花钱，且巴不得这样花钱。

这么会算计的女孩，这是开天辟地头一位。

那天豪气先生很配合地跟打折小姐合用了优惠券，用一个蛋糕的价钱买到了三个蛋糕。走出蛋糕店后，豪气先生请打折小姐去附近的星巴克喝了

咖啡。

结账的时候，豪气先生习惯性地抽出自己的银行卡，却被打折小姐伸手拦了下来。

她拿出自己的信用卡，今天周五，是民生银行的买一送一日呢！

豪气先生越发觉得，眼前这个仿佛一把算盘的女孩，噼里啪啦的，有点儿意思。

咖啡香气中，陌生的两个人在这场不期而至的相遇中变得熟悉起来，彼此感觉竟都还不错。

分别之前，他们自然而然地交换了电话号码。

自此，豪气先生对打折小姐展开了攻势。两人在打折小姐的安排下，吃遍了各种打折的套餐，看遍了所有抵用券兑换来的电影，享受了各种“两人同行一人免单”的优惠。

一来二去，看上去如此不搭调的两人竟然就成了。

大束大束的玫瑰花带着写有豪气先生名字的小卡片，不断降临办公室。

打折小姐甜蜜而小声地埋怨一句，打开那些小卡片，豪气先生简短却缠绵的几句小话，无一不在表明，他很爱很爱她。

旁人都对这段恋情大跌眼镜，而他们不知道的是，打动豪气先生的偏偏就是打折小姐的精打细算呢。

有了爱情的滋润，打折小姐的每一天都越发活色生香，在豪气先生的支持下，更加将自己投入到无限的打折品之中去。

然而大家的眼镜还没有碎很久，就全部回到了脸上。

就像他们莫名其妙地相爱一样，这位很爱很爱她的豪气先生，在打折小姐沉溺于这段感情中不可自拔之时，莫名其妙地提出了分手。

为什么呢？打折小姐哭了将近一个小时后想到，最初的预兆应该是那次约会。

豪气先生想去那家许久没有去过的法国餐厅，打折小姐却又拿出了打折牛排的电子优惠券。

面对打折小姐伸过来的手机屏幕，豪气先生第一次忍不住皱起了眉头。

打折小姐的精打细算，在豪气先生眼中，无疑已经成了一种负累。

其实，细想之下也该知道，豪气先生一早就该耐不住了，只是还没有来得及表现。

毕竟这种生活，与他所习惯的，实在是大相径庭。

可打折小姐并没有想透这一点，相反，她决定要为了豪气先生而改变，挽留他那颗渐行渐远的心。

于是打折小姐开始克制自己，不再对各种打折信息趋之若鹜，也开始让自己不再纠结于要不要用积分来兑换赠品。

只是，当一个人不爱你的时候，任你全身都是优点，也只会变成他眼中的刺。

豪气先生对打折小姐，不过是一时的脑热，热情过去了，爱也就过去了。

即使打折小姐把自己强行拧成另一个模样，豪气先生最终还是带着他的爱离开了。

在那之后，打折小姐过了一段不需要打折的日子，可这样的日子，越过越怅然。打折小姐突然发觉这样的改变，自己并不开心。

打折小姐终于明白，与豪气先生之间的那段爱情，不论结果如何，都是坏的。

打折小姐幡然醒悟后，重新在各种打折小组里活跃起来，继续过起了不打折不成活的生活。

有一天，她在豆瓣的同城小组中参加了一个拼单活动，因此认识了同样喜欢打折的打折先生。

第二天，打折先生再次约了打折小姐，他们在某家西餐厅喝了两杯团购的咖啡，看了场用积分兑换的电影，聊着彼此的打折心得，开心得一发不可收拾。

从此之后，打折小姐还是打折小姐，只是身边多了一个总会牵着她的手的打折先生。

其实何须那么多改变呢？对于好的爱情来说，每一点改变，其实都只会是锦上添花。

与其为了他而改变，成为另一个人，不如做好自己，等待着那个对的人出现。

物品有标价，爱情却没有。

对的爱情，无论如何都不会打折。

起码，不会让你打折。

不要对我好，我需要的是你爱我

大叔妹妹，不是一个长得很像大叔的妹妹，更不是大叔伪装成了小妹妹，而是只爱大叔的妹妹。

在遇上她的第一位大叔之前，大叔妹妹的恋爱史用一句俗烂了的话来说，就是纯洁得像一张白纸。

然而，大叔妹妹并非无人问津，相反，从高中时第一个偷偷给她递小纸条的男生开始，想要拿下这座堡垒的人，倒还不少呢。

而对于大叔妹妹自己来说，她的情感花园也如一般女孩的一样，繁花锦簇，曲径通幽，等着一个人来开。

只是，这座花园的大门上挂了一块铁打的招牌——同龄男子不准入内。

用大叔妹妹的理论来说，女生比同龄男生的心理年龄大两岁，那么整天跟一个表面上能够开天辟地、实际上还是个小屁孩儿的毛头小子周旋，有什么意思?

只有与比自己年长十岁以上的大叔交往，才是王道呢!

虽然不知道这是不是大叔妹妹为了辅证自己对“大叔”的特殊追求，而提出的一个貌似很科学的论据，但大叔妹妹确实一直保持着高冷的姿态，俯视着试图前来叩门的芸芸小屁孩儿。

白马王子和白雪公主的戏码实在太过幼稚，她要的是一份成熟的感情。

这个世界上，爱大叔的妹妹并不太多，但是不爱妹妹的大叔，则近乎绝迹。

男人嘛，永远只爱十八岁的女孩，人妻御姐只能是调换口味，年轻萝

莉才是永恒主题。

所以这是决定了大叔妹妹很受欢迎的客观条件。

可是大叔妹妹并不幸福，每每私下里见到她，大叔妹妹总是说上几句话就哀怨起来，永恒的主题是，大叔们跟她交往，都只是把她当成一具新鲜的肉体，当成一个廉价的玩具，并不想跟她一路走到底。

大叔妹妹往往是在对对方深度着迷之后才发现这一点的，她给这类大叔下的定义是：他们不是成熟，而是老。

而自己要的，是身心俱熟的真正意义上的大叔!

大叔妹妹就这样驰骋在寻找中国好大叔的道路上，孜孜不倦，从未停歇。

也许是大叔妹妹执着的信念确实感天动地，她竟然真的找到了一个跟自己梦想中几乎一模一样的极品大叔!

对方比她大十二岁，成熟、优雅、绅士、温柔，堪称完美。

如果此时再多一个追求自己的同龄男，那简直就是大玉儿、皇太极和多尔衮的人物设定。

只不过，大叔妹妹一定会毅然决然地舍弃同龄男那一方，投向大叔散发着成熟魅力的怀抱。

于是即使这样浮夸的设想并没有实现，大叔妹妹还是迅速地沉陷到了热恋之中。

就像她一直想象的那样，大叔妹妹和完美大叔的日子，过得舒爽而惬意。

没有聒噪，没有两个同样不经事的人凑在一起的那种状况百出，自己也像绝世的夜明珠一样，被完美大叔捧在手心里呵护着。

岁月静好，现世安稳，这才是她梦寐以求的生活。

大叔妹妹认为，这是上天在自己修足了爱情这一课之后，给予自己的奖励。

他们在一起的那年，大叔妹妹还勉强站在青春的尾巴上，难免还会随着荷尔蒙的波动，萌发出一些属于年轻人的想法。

我们到后海骑双人自行车吧！她提出这个要求时，完美大叔却皱了皱眉头，别闹，给人家看到像什么样子。

跟关系最铁的闺蜜及其男友来一场到野外去烤肉的double date！

她兴奋地逛着淘宝挑烤肉架。

完美大叔从书里抬起脸，去野外干什么，找一间不错的餐厅，不是更好吗？

来一场说走就走的旅行吧！明早就出发！

大叔妹妹搂着完美大叔的胳膊，用尽全身力气撒着娇。

完美大叔却摸摸她的头发，乖，快睡吧，明天还要上班呢。然后他翻了个身，很快就睡了过去。

事实上，完美大叔也并不是不喜欢集体活动，他不是经常参加朋友发起的茶会吗？

只是，虽然只差一个字，但茶会跟茶话会却有着本质的不同。

完美大叔的茶会就真的是品鉴各种茶叶。

大叔妹妹硬着头皮跟着去了几次，由衷地感觉到脑子里实在是装不下更多有关茶叶的知识了，后来就用各种理由推脱掉了。

他们之间的共同话题和爱好，实在是没有什么交集。

大叔妹妹曾经以为，他们的生活犹如一泓平静的潭水，但现在，却像是冷成了冰。

她将自己二十余年的全部热情积攒到今天，却蓦然发现竟然全无价值。

大叔妹妹想起在自己小时候，有一次自己偷偷留了一袋曲奇，想跟她最喜欢的表哥一起分享，等到表哥真的到家里来做客，那一袋曲奇几乎已经要发霉烂掉，可表哥只是淡淡地说，他从来不吃曲奇。

大概，就是这种感觉吧。

但完美大叔仍然体贴温柔，从来不曾改变。

那么，他是爱自己的吧？唉，自己还是太年轻太毛躁，没有他那样稳重。

大叔妹妹这样想，埋怨到了嘴边，也舍不得说出来了，就逼着自己生生咽回去，幻化成对完美大叔的爱慕与崇拜。

可就是在这样一次又一次的反刍中，大叔妹妹也终于骗不了自己，不能继续假装看不到自己过得像尼姑一样的生活。

她要的，真的是这样安稳到像失去了呼吸的生活吗？

大叔妹妹终于开始在大叔面前发牢骚，而这种牢骚在完美大叔眼中，无疑只是饱暖之后衍生出来的作。

眼睁睁看着自己视为生命至宝的爱情变成这般模样，大叔妹妹终于忍无可忍，横下心提出了分手。

她想，就算是已经无可挽回，但也要在这尽头，拼尽生命撕扯一回。

然而，当她说出那句话的时候，没有痛哭，没有争吵，更没有歇斯底里。

完美大叔只是平静地看着她，没怎么犹豫就点了头，仿佛只是在门口买完早点，临走时跟摊主阿姨说了一声再见。

即使是像她这样已算不得年轻的女人，在他眼中，也只是个耐不住性子的小姑娘。

而这样的小姑娘，他也见得多了。

对他来说，很多东西都比爱情重要得多。

大叔的冷静、淡定，击垮了大叔妹妹心中的最后一道堤防。

那本是她最爱的优雅从容，如今看来，却让人寸寸心寒。

经此一役，大叔妹妹再也不好大叔这一型了，她说，不管是什么东西，吃多了都会伤身，要换个口味。

她这一换，换得很彻底。

她把注意力都放在了年轻的小鲜肉上，渐渐地成了吃嫩草姐姐。

年近三十的她，最近还正对一个平均年龄不满十六岁的男子偶像团体TFBOYS着迷得无法自拔。

她说，流失掉的青春激情，她要一点一点补回来。

在爱情里，谁又能真正收获一个成品呢？

爱情，就像是水果，熟得太透了，保质期反而会缩短。

而由最初的青涩开始浇灌，即使培育的过程辛苦且漫长，即使冒着未知的风险，但谁都无法否认，那也是一种别样而深刻的美好。

虽然我觉得，她为了收获果实，又从种树开始了。

但，还是祝福她吧，没准儿她能种出一片森林呢。

如果你喜欢上一个永远无法在一起的人

追星小姐追星路上的第一站，是一名活在动漫中的二次元人物。

某个周末下午，她在电视上的点播频道看了一集《灌篮高手》。

一向看人先看脸的追星小姐，自此爱上了那个眼睛细长、高大帅气，一整集也只有一句台词的湘北11号——流川枫。

那一阵子，她所有的书包、笔袋、笔记本，无论画的是怎样的姿势或表情，都是这同一个人。

甚至连橡皮，她都只买红色的，然后用小刀削成一颗形状并不怎么规则的小“篮球”。

后来，一部名为《浪漫满屋》的韩剧浩浩荡荡地汹涌而来，追星小姐只看了Rain一眼，不等人家来席卷，自己就一头撞了进去。

这部韩剧不仅为追星小姐带来了她生命中的第一位“欧巴”，更是为她打开了新世界的大门。

韩星怎么就这么好看呢，韩剧怎么就这么吸引人呢。

追星小姐一边看一边不停感叹，如饥似渴地搜索着各种关于韩流的消息。

每每知道的多一点，追星小姐对此的迷恋就多一点儿。

就这样，追星小姐彻彻底底成了一名“哈韩族”。

像每一名“哈韩族”一样，追星小姐异常狂热地收集所有跟自己喜欢的韩星有关的周边产品。

那时她最喜欢去离家不远的音像店，海报、贴纸、印着头像的徽章，一买就是一大堆。

有时候遇到断货，追星小姐就扯着老板的袖子，死乞白赖催他去进货。

有时语气有些太像撒娇了，尽管明知道是为了做生意，在一旁的老板娘还是看得有些憋火。

不久之后，追星小姐漫长的哈韩之路终于登上了第一个巅峰。

那一年，一个到现在还十分活跃的韩国男子团体正式出道。

那时的他们还是年轻的新人，并没有那么高的知名度，而当时就对他们如此痴迷的追星小姐，在那个尚未成形的粉丝圈里，甚至一步步地成了粉丝会的副会长。

现在回想起来，追星小姐心中还不免得意，在潮流的大道上，自己俨然是一根擎天柱啊！

如果说之前的追星小姐只是略微有些过火，那么在他们横空出世之后，追星小姐在旁观者的眼中，已然烧成了火焰山。

她完全依照他们的喜好生活着。

一向不爱吃甜食的追星小姐，开始每天都要喝加双倍糖的奶茶。

她用韩语跟大家打招呼，每天都吃韩式拌饭，大家一进办公室，泡菜味儿就扑面而来，以致许多人都曾错以为这是家酱菜公司。

只是，追星小姐这样的追星法，在别人眼中，无疑就是一个“作”字。

这些话，自然没有人会说出来。但是在说起追星小姐的时候，大家总是无法自制地带上一丝轻蔑。

细想之下，其实也对，还有多少成年人能这样为了在大家看来根本不现实的人，做这些看上去蠢到死的事情。

不久后，突然传来了那个韩国男子团体要去北京做宣传的消息。

追星小姐彻底疯了，整日整日地听专辑、看视频，脑子里塞满了那些成员们唱歌跳舞的帅样，简直就应了小品里的那句话——白天想，夜里哭，做梦都想赴首都。

一定要去北京！

追星小姐狠狠地下了决心，可在一提请假就黑成包公脸的上司那里，这个假，无论如何是请不下来的。

思虑良久，追星小姐毅然决然地翘了三天班。

也许真人的魅力的确是照片无法企及的，追星小姐从北京见了活的“欧巴”们回来，意志更加坚定，面对唾沫横飞的上司长达一小时的训话，也没有丝毫的悔意。

这次追星行程，不但扣光了她这个月的奖金，就连带年终奖都要减半。

大家看向追星小姐的眼神里，同情之中无可避免地夹杂着嘲讽。

那些嘲笑和鄙视，追星小姐看得真真切切，也记得清清楚楚，可她并没有为自己去辩驳一分。

仿佛丝毫没有察觉到这一切那样，她依旧还是把自己最喜欢的韩星的照片放在钱包夹层里。

后来某一天，照片后又夹进了一张纸条，上面写着他理想对象的标准。

皮肤白，眼睛大。

追星小姐买回了成套的化妆品，每周定时去两次美容院，一向怕疼的她还鼓起勇气去割了双眼皮。

细腰，美腿。

追星小姐买了腿部矫正带，每晚睡觉时勒在腿上，即使半夜起床喝水也绝不解开，一路跳去客厅，仿佛僵尸还魂。

无论前一天睡得多晚，第二天她都准时六点起床，喊着口号做瘦腰操。

气质恬静，端庄亲和。

追星小姐特意去报了瑜伽班，即使她身板儿偏硬，也宁愿咬着牙像个鹌鹑一样拧在那里。古人说：腹有诗书气自华。追星小姐就买了两箱子经典名著，把闲暇时间塞得满满的。

仿佛这样，就真的能离他近一点儿。

没有人在意追星小姐的改变，她的所有行动，在别人眼中不外乎又是一出闹剧。

直到有一天，大束大束的玫瑰花送进办公室，堆在追星小姐的桌上。

讶异之余，有好事者暗中去打听了追星小姐的这位追求者，而结果更是令人大跌眼镜。此男的自身条件以及家境都优越得让人不敢相信呢。

这样好的人，怎么会跑来追求追星小姐呢？

其实，追星小姐的故事可以追溯到更久之前。

让我们把时间拉回到流川枫之前。

如果说世界上有什么人是为爱而生，那必然是追星小姐。

Just For Love（只为了爱）。

从还在读书时开始，她的每一段感情，无论别人看来值不值得，她都用了燃烧生命的架势。

她通过自己的努力，让自己每一段看起来很傻的恋爱，都变得似乎真的有价值。

就连那些渣男烂男的眉目，都变得慈眉善目了起来。

可是，骗谁呢？时间早晚会在热情退潮后还原真相。

那些烂桃花回馈给她的，终究都是遍体鳞伤。

后来，受的伤多了，追星小姐就想，既然都是刀山火海，那不如去追一个最好的人。

而且，被人这么对待，也许只是因为我还不够好吧。

于是她不再贸然去爱人，而是把热情全部投放在追星身上。

毕竟，那些人永远都存在于粉红色的泡泡中，永远都不会背叛她的啊。

她在别人眼中像脑残一样去爱流川枫，爱韩团，爱各路明星，却也不曾停下默默变好的脚步。

爱流川枫让她爱上了运动，成为特长生考上大学，从小地方来到了大城市。

爱韩团让她学会了韩文，凭借这个优势进入了这家同韩国有业务往来的公司。

爱各路明星让她身上有了各种默默加分的点……

她在不知不觉中，改变了自己的人生，成为一个在别人眼中超棒的女生。

她把所有的伤害和执迷，都变成了动力。

我这才想起，有一次追星小姐说起她在上海街头偶遇当时爱得很深的一个男孩，对方曾经在她心上捅了很深的一刀。

简单寒暄后，她看到对方看她的眼神满是柔情。

在她转身瞬间，她听到对方的女朋友说，这样的女孩，你跟她交往过？别吹牛了！

这本是小说里的段子，却真实地发生在她的身上。

那一刻，上海阳光明媚，她透过路边商店的落地玻璃看到自己影影绰绰的身姿，忽然觉得所有爱过的时刻，是那么美好。

原来，她早已积累到足够好，可以被人珍惜，被人爱。

于是，意料之外又情理之中，追星小姐遇上了这位Mr.Right。

大家这才发现，就在所有人的冷眼中，追星小姐变美了，变瘦了，有了标准的身材，举手投足之间都带着名媛闺秀一般的高雅气质，连打喷嚏都比别人好看得多。

原来一直奔腾在追星路上的追星小姐，此时在泱泱大众之中，也是一颗最为耀眼的星了。

如今的追星小姐，依旧不曾放弃自己的追星之路。

也许她一早就明白，其实对她来讲，追星最重要的只是去寻得一份坚持的动力，来做更好的自己吧。

真爱时对你好还来不及，怎么会计较

不欠先生是我的好朋友欣欣的前任。

那是北京的初春，柳絮飘飞，桃花朵朵开。

在某个春雨润物细无声的夜晚，欣欣敲响了我家的门。

我开门的时候，差点被她吓尿。

一向精致温婉的欣欣，脸上的妆容已经被泪水和雨水冲刷得惨绝人寰，黑色的睫毛膏随着眼泪，在地心引力的作用下，一路滴到脖子上，把她粉色的T恤氤氲成一幅水墨画。

她二话不说冲进房间，把手里提着的一只购物袋往地上一丢，整个人瘫在沙发里，放声大哭起来，一边哭，一边脏话连连。

“怎么了？”我小心翼翼地问。

“能怎么？哭成这样，还不就是失恋。”欣欣的脸都哭变形了，大声地对我说。

我没再追问，安静地坐在沙发的一角，听着外面淅淅沥沥的雨声和屋内撕心裂肺的哭声混成一片，如同一首宏伟的交响乐。

哭累了，欣欣从口袋里掏出一张已经被雨水浸湿得皱巴巴的纸，拍在桌子上。

我拿起展开，是一张手写的消费清单和礼物列表。

2013年2月14日，××饭店，1240元。

2013年12月24日，××餐厅，638元。

2014年2月14日……

LV钱包、史迪奇毛绒玩具、V家高跟鞋……

看了看清单上列出的种种，我又匪夷所思地看了欣欣一眼，她正满脸嘲讽夹杂着悲伤和愤怒看着我。

“这是我跟他交往时一起吃过的饭和他送我的礼物，他让我一一清算，然后还！给！他！”欣欣咬牙切齿地说。

“你们在一起两年多，就吃过这么几顿饭？”我深知自己放错了重点，但清单上吃饭的次数确实屈指可数。

“哦，不，其余的我们都是AA制的。”欣欣轻描淡写地说，顺手指了指放在地上的袋子，“这是我送他的礼物，他都还我了。”

我瞄了一眼装得满满都是好货的购物袋，心想欣欣真是个出手大方的人。

认识不欠先生，自然是因为欣欣。

两年前每月一次的好友聚会上，欣欣幸福洋溢地挽着不欠先生的手出现了，郑重地介绍给了我们。

不欠先生温文尔雅，干净的白T恤，利落的板寸头，戴一副看起来知识渊博的金丝边眼镜，而事实证明，他也当真是一个上知天文下知地理的人，能从海湾战争聊到女性例假，从全球变暖聊到商场打折。

除此之外，他还善良体贴、为人和善，每次跟我们一起吃饭，不管朋友怎么拒绝，他都坚持替自己的那一份买单，从不拖欠。

“你不用每次都付钱的，我们轮流请客，欣欣也得请。”有一次朋友这样对不欠先生说。

“她是她，我是我，我从小是在国外长大的，习惯了AA制，没关系的。”

国外长大！又是一个闪光点。

我们都爱不欠先生，觉得他就是完美男人的典范。

女生们纷纷羡慕欣欣能找到这么好的男友，男生们暗自奋起，努力想要变成不欠先生这样的男人。

在同龄人里，欣欣和不欠先生的感情进展速度算是相当缓慢的，交往两个月的时候，我惊讶万分地从欣欣那里得知，他们在几天前才刚刚接过吻。

“他说了，发生性行为要慎重，这是一件责任重大的事情。”欣欣挂着一脸深情说，但谁都看得出那深情背后的猴儿急。

“他不是国外回来的吗，怎么还这么传统？”

“这不叫传统，叫责任心！”欣欣急迫地纠正我。

事实上很多起初美好的感情，都经不住细水长流的侵蚀，慢慢就垮了。

比如我们的欣欣和不欠先生。

欣欣第一次单方面的爆发，是在交往的第三个月后，两人发生性行为的第二天。

那天风和日丽，秋高气爽，我起床后正站在阳台上享受秋风拂面，就被一阵剧烈的敲门声给扰了兴致。

门刚打开一条缝，欣欣就像一阵狂躁的龙卷风一样冲了进来。

“昨晚我们上床了，在××酒店。”欣欣的声音冷静而阴沉，目光幽幽地看着远方。

“好事儿啊，值得喝酒庆祝。”我不知道欣欣这股子阴郁到底从何而来，以为这只是受过性和爱洗礼的女性应有的架势，于是准备冲进厨房拿酒。

欣欣果断地抬起一只手，做了一个“且慢”的手势。

“今早退房的时候，他跟我说开房的钱要跟我分担，要跟我AA制！”欣欣嗖地从沙发上站起来，目露凶光地看着我说。

我急忙露出遭遇晴天霹雳的表情，还十分应景地向后倒退了两步，语无伦次地问：

“然……然后呢？”

“然后？然后什么？我忘情献身，完了还要自己付钱，小姐都活得比我有尊严！”欣欣大怒，冲我吼道。

“是，这钱不该出。”

“不，我给了！”欣欣头一歪，转了个身开始在屋里来回转悠，一副大义凛然的样子说，“才刚开始谈恋爱，毕竟还没熟到那个份儿上，算清楚点儿也好，反正我也爽了，就当是我俩花钱互相嫖吧。”她很阿Q精神地自我安慰着。

再后来，他们很少再去开房，而是把阵地转移到各自的家里，这个问题也算是迎刃而解了吧。

他们依然羡煞旁人地相爱着，欣欣也依然无条件忍受着不欠先生各种AA制的提议，她送不欠先生一份礼物，第二天就会也收到一份价格相当正负不超过十块钱的礼物。

但是欣欣都不在乎，她想反正每逢过年过节时，她都会放肆地享受一次男生花钱的乐趣，平时算得清楚一点儿也无所谓吧。

可是出来混迟早是要还的，欣欣怎么都没想到她仅有的几次高待遇享

受，都已经被不欠先生一五一十地记录在案了。

可就在一切朝着好的方向发展的势头下，不欠先生竟然出轨了。

那是因为，在阳春三月天里，他遇见了让他如沐春风一般的AA制小姐。

AA制小姐是不欠先生的同事兼普通朋友，有一次两人一起外出办事，大概是吃了什么不干净的东西，途中两人同时开始闹肚子。

路边刚好有一间肮脏的收费公厕，不欠先生匆匆付了钱，两人就冲了进去。

事发的第二天，AA制小姐拿着五毛钱放在不欠先生桌上：

“这是昨天上厕所的钱，我不喜欢欠别人的，凡事都AA制比较好。”说完，她莞尔一笑，转身飘走了。

不欠先生就这样不可自拔地坠入了爱河，他觉得那就是他的真命天女，生命中的天使，世界上的另外一个自己。

当不欠先生向欣欣提出分手时，他拿着那张清单，是这样说的：

“我们分手吧，你没有AA制的额度已经超过了五千块，这是我的底线。”

欣欣哭笑不得地捏着那张纸，随后扬手给了不欠先生一个耳光。

拦下出租车临走前，不欠先生又说：

“我觉得不管是做朋友还是谈恋爱，都应该算得清楚一点，谁也不要欠谁的，这样绝交或者分手时才能干脆利落，所以，我希望你能把我送给你的东西还给我。”说完，他从自己的车上拿出一袋东西递给欣欣，那都是欣欣之前送给他的。

车子发动，扬尘而去，欣欣从车窗探出头，对越来越远的不欠先生大声喊了一句：

“你个傻×。”

这是他们之间说的最后一句话。

其实两个人的感情，哪里是几千块就能清算得了的呢？

你出轨背叛，她却为爱走天涯，这些，也都是债。

这世界上的感情，都是一报还一报的，比如他爱你，比如你不爱她。

大家不用斤斤计较，试图两不相欠，你的债，别人欠你的情，都会有人来替你收或者还。

同时，你也在做着同样的事情，帮人收或还。

这世界唯一的你

You Are The Only One In The World

奋不顾身的你：

愿从今以后再也没人能让你哭泣

爱情可以使一个人今非昔比

我第一次认识女汉子姐姐，是在高中入学时的誓师大会上。

女汉子姐姐以全市第一的身份成为学生代表，在几千人面前，慷慨激昂、意气风发。

她从台上走下来的时候，恰好经过我身旁。

我趁这个间隙仔细打量了一下女汉子姐姐，一头清爽的短发，长裤的裤脚挽到脚踝，英气逼人，帅过我所见过的任何一个男生。

我隐约觉得，连眼前那片夏日里光华灼灼的芍药，与她相比都显得逊色。

女汉子姐姐没有辜负她的“雅号”，爷们儿得无以复加。

她的成绩一直是全校第一，运动会的时候可以跑五千米。

班里的桶装矿泉水没有了，按惯例总是男生去抬。

女汉子姐姐在排值日名单的时候，把自己的名字也写了上去。

那个年纪的男生们精力正旺盛，老师管不住，但他们都听女汉子姐姐的。那时候班里最漂亮的女生，总受到一位爱把头发吹得根根直立的高年级男生的骚扰。有一次男生追到班里来，女生向女汉子姐姐求助，女汉子姐姐走出去，不知用了什么方法，总之那名高年级男生再也没有出现过。

学校的晚自习上到很晚，下课后，校门口总是挤满了来接学生的家长。班里的女生们像脚底安了弹簧一样欢快地找到自家家长，钻进温暖的车里或者被牵着手有说有笑地离开。

唯独女汉子姐姐，总是一个人骑自行车回家。

后来我发现跟女汉子姐姐是同路的，此后便开始同行。有一次，一个等绿灯的间隙，我随口问了她一句，为什么不让爸爸来接？

我没有爸爸。

女汉子姐姐说这话时，风轻云淡，仿佛在讲别人的事情。

她那个时候刚刚上一年级，她晓得自己同其他的小朋友有些不同，可是又讲不上来具体哪里不同。

她成绩那样好，可是没有人来给她开家长会。

妈妈这个时候正在商店工作，并不会来。她看着别的小朋友的家长，五岁的她，忽然意识到，自己真正缺少的，是爸爸。

她从未见过这个男人，家里也无这人的照片，相册中的照片总是缺着一个人。

家长会结束后，她没有直接回家，而是在学校的小篮球场边的台子上俯身写作业。

天黑下来，她动作很慢地收拾书本，忽然听到妈妈略带哭腔地呼唤着她的名字。

她应了妈妈，妈妈跑过来，结果太过急促，摔在了地上。

她跑过去，要把妈妈扶起来，可是当时才五岁的女汉子姐姐，那样小，那样无能为力。

妈妈的眼泪掉下来，她也哭着说没有人来给我开家长会。

妈妈咬着嘴唇，把她抱到怀里，全身都在颤抖，眼泪大滴大滴地掉下来。她害怕起来，对妈妈讲对不起，说她再也不会这样了。

妈妈只是一个劲儿地摇头，一个劲儿地哭泣，说你只是一个小女孩。

那个时候的女汉子姐姐想，如果我不是一个小女孩的话，妈妈就不会这么难过了吧。

就是那一天，我决心成为一个男孩子。

女汉子姐姐讲着这话时，一旁经过的汽车，从车灯里射出两条光线，正扫过她的脸。

女汉子姐姐的表情很平静，仿佛她眼中那些星星点点的波光都是假的。

绿灯亮了，女汉子姐姐第一个踩动了自行车。

风灌进她的校服外套里，让她的肩膀有着不真实的伟岸。

我跟在后面，看着女汉子姐姐平时坚毅得不得了的背影，第一次发现那线条也是柔和的。

高二的那一年，女汉子姐姐开始住校，也不常回家。

她说，家中又来了一个男人，喜欢温和地笑，是好脾气的样子。

有那个男人在，妈妈再也不需要她的保护。

女汉子姐姐虽然表现得很随意，但脸上也有一丝不自知的黯然。

就在住校的这一年，女汉子姐姐喜欢上了自己的同桌。

那个男孩子，高高大大，成绩好却顽皮，虽然不用功，可是聪明得很，上课的时候总是在睡觉，考试的时候，却总是能拿到高分，篮球打得非常棒，人也帅。

有一次，同桌代表学校出去参加篮球比赛，走了一个星期。

数学课，我困得快要睡过去，却被手机振醒。

我避开老师的视线，偷偷把手机拢在袖子里看，是女汉子姐姐发来的短信。

她说，极光啊，你说他什么时候回来呢？

我回过头，女汉子姐姐看着自己身边那个空空的位子，愣愣地出着神，手上的笔连笔帽儿都没有取下来，她也没发觉。

等他回到学校，女汉子姐姐开始对他很好很好。

每次他打篮球都会有一瓶水放在桌上，每次他不交作业都会有人模仿他的字迹帮他交一份。

可是，时间就这样不紧不慢地过去，她的同桌并没有像我想象的那样，感动到跪下来向她求爱。

后来有一天，女汉子姐姐突然对我说，她决定放弃那个男生了。

我很惊讶，问她原因。

女汉子姐姐没有讲，只是说，好像我应该是一个男孩子。

我很识趣地没有再多说。

女汉子姐姐的第一段恋爱就这样结束了。

高三毕业，女汉子姐姐考去了上海某所重点大学。

我们的联系，就在各自的忙碌中逐渐减少，最后终于断了。

再见面时，是不久前的同学聚会。

女汉子姐姐像是变了一个人，她留长了头发，出落成一个美女，身边跟着芭比娃娃似的女儿。

她很不好意思地笑着说，丈夫今天临时有会要开，自己不放心女儿，就把她带在身边。女汉子姐姐讲话的时候，几缕头发顺着她低头的弧度滑下来，她十分自然地把头发挽在耳后，露出我们从不曾见过的精致锁骨。

这样的温柔似水，让所有人，包括当时那位同桌，都大跌眼镜。

聚会结束后，我和女汉子姐姐又去了一家咖啡厅。

女汉子姐姐为女儿要了一份冰激凌，女儿很乖巧地吃着，女汉子姐姐便给我讲了接下来的故事。

那所大学是知名的理科学校，女生少得可怜，样貌秀丽且性格开朗的女汉子姐姐却没有多少人敢追求。

她太强了，第一年进学校，就被允许自己研究课题，还拿到学校的特殊奖学金。

就在这个时候，她却爱上了自己的导师，那个三十岁未婚的中年男子。

而爱上他的理由，近乎荒诞。

仅仅是因为某一次做一个比较危险的实验，导师不肯让她一个人做，而是亲自去帮她。

当时女汉子姐姐说，老师，我一个人做就好。

那个温柔的上海男人笑笑说，怎么可以让你自己做，童童你是个女孩子啊，怎么能做这么危险的实验。

女汉子姐姐听了这句话，眼里莫名地有了泪水，可她依旧是努力地睁大了双眼，把眼泪憋了回去。

这是第一次，有一个人这样叫她的名字。

于是这四年，她便只跟了这一个导师。大三的时候，女汉子姐姐主动跟导师表白，这个男人似乎也是喜欢她的，两人便开始交往，大四毕业后，女汉子姐姐得到留校资格，跟导师顺利结婚，并生下一个女孩子。

女汉子姐姐说完，动作轻柔地为她女儿擦拭嘴角，眼中尽是满足。

我看着女汉子姐姐，有种感动由衷地从心里冒出来。

我们喝完咖啡，她的丈夫来接母女二人，一家人仿佛是模范家庭的标杆。

你爱的人离你而去，不是因为你不够好，只不过你的幸福与他无缘罢了。

我们曾有多少次为了讨别人喜欢而把自己伪装成陌生的模样。

或许终有一天你会发现，最难能可贵、最讨人喜欢的那个人，其实就是最初的自己。

走出咖啡馆之前，女汉子姐姐告诉我，在她还喜欢同桌的时候，有一天晚上，她本来已经回宿舍了，可是忘记带东西，便折回去。结果听到同桌跟他哥们儿的谈话，他哥们儿开玩笑说女汉子姐姐待他这么好，一定是喜欢他了。结果他竟然说，哈，我只当她是个男孩子而已。

她回到宿舍，躺在床上，眼睛睁得大大的，眼泪不由自主地流出来。

第二天醒过来，虽然眼睛是肿胀的，可是她依旧笑着，面对所有人，她是所有人眼中永远也不会被打败的女汉子姐姐。

极光，你知道吗，我曾经以为，我就真的只能做一个男孩子。

这句话，就像落在颈间的一根头发，很细微，却让我难受极了。

她丈夫的车停在门口，那个跟女汉子姐姐的描述一模一样的男人，举手投足之间都透着对女汉子姐姐的温柔和宠爱。

车开动起来，女汉子姐姐透过后车窗，朝我挥挥手。

我也抬起手臂向她挥动。

我知道，女汉子姐姐终于成了一个女孩子。

他爱她，从来不关乎那些妆容

没认识浓妆小姐之前，我对“漂亮”这个词的概念，大概就是范冰冰。

认识浓妆小姐之后，我对“漂亮”这个词的概念，是范冰冰和浓妆小姐。

即使不太赞成她的风格，姑娘们也忍不住要说，平时没觉得自己有什么不好，但一站在浓妆小姐身边，怎么就感觉自己这么丑呢？

但话说回来，浓妆小姐的美，也不是你想买就能买啊。

那太需要天分和技巧了！

因为这种美的很大一半都来源于她自成一派的化妆风格。

浓妆小姐的妆有多浓呢，用她自己的话来说，就是化成灰都要比别人的黑一点。

精心勾勒过的眉眼和唇形，艳丽的唇色，烟熏系的眼影，以及简直要戳到别人脸上去的假睫毛，浓妆小姐就以这样一般人无法驾驭的妆容，把每一天都活得仿佛在拍美宝莲广告，还是加强版的那一种。

虽然她的妆浓艳无比，却不得不说，自有一种奇异的和谐美感。

而剩下的那一小半，绝对就是因为浓妆小姐足够努力。

毕竟，不是谁都可以在每天凌晨五点准时起床，只为了化那样一个费心费力的妆。

我们之间的关系更近一些之后，我曾好奇地问过她，她对浓妆的这种感天动地的执念究竟持续了多长时间？

浓妆小姐摇了摇头说，记不清，总之是很久。

中间也没断过吗？

浓妆小姐想了想，坦白地回答说，断过一次。

两年之前，浓妆小姐有一个很亲密的男朋友。

也许是因为爱情这支催化剂的存在，浓妆小姐对浓妆的追求，在那段时间里更加显得无比狂热。

晚上一直要到男友睡着，浓妆小姐才会去卸妆。

早上男友一醒来，浓妆小姐已经在做早餐，脸上的妆容浓且精致，一丝不苟。

总之，务必要在男友面前保持完美的容颜。

男友从没见过浓妆小姐素颜的样子。

浓妆再美，天天对着看，也难免会产生免疫反应。

时间久了，男友忍不住对浓妆小姐的素颜好奇起来。

直到有一次，男友威逼利诱加耍赖，硬是要看一看浓妆小姐的素颜。

你来我往地拧巴了好久，最后他说："我总得知道未来老婆到底长什么样子，然后去做个预测，我现在就想知道咱们未来孩子的模样。"

不管浓妆小姐在外面是怎样风生水起，在爱情里，她毕竟还是一个柔弱的女子。

浓妆小姐就是被这句话戳中了心口，差一点儿就化了。

她犹豫了一会儿，还是去卸了妆。

等她顶着干干净净的一张素脸出来，迎接她的却是男友瞬间冰凉的目光。

虽然浓妆小姐的素颜并没有到惨绝人寰的地步，但没了浓妆的浓妆小

姐，就被削去了九分风华，仅仅残存的一分平凡模样，跟平日里美瞎无数眼球的样子相比，实在是大相径庭。

就像以为自己得到了熊掌，结果却发现只是一道素鸡。

男友虽然努力地振奋了一下精神，但想完全掩饰自己失望之情也确实太难了点儿。

即使尚不至于瞒天过海，但只要是遭遇欺骗，谁都会觉得受伤。

更何况，他终究还是个看脸的人。

从那之后，两人的感情似乎就有了一些微妙的变化。

不久之后，他们发生了一次口角，男友就此趁机提了分手。

浓妆小姐化回了浓妆，再也没有在谁的面前卸过妆。

“如果真相并没有那么美，那么就不要去犯贱一样地展露给别人看。”

虽然浓妆小姐说这话时，透着一种女版卡耐基的豪气，但大概也是难过的吧。

浓妆小姐看上去遗世独立，却偏偏喜欢给周围的姑娘们传授化妆秘籍。

而她们也十分乐意听浓妆小姐随时随地的微型化妆讲座，即使不用同样化得像个黑寡妇，也能从中获益良多。

女人之间的友谊，往往就是因为这些鸡毛蒜皮的小事而建立起来的。

正是在某位亦徒亦友的姑娘介绍下，浓妆小姐认识了现在的这位男友。

男友先生第一次见到浓妆小姐时，虽然感到惊艳，但也微微有些被雷到。

他还从没有见过哪个女孩能把妆化得这么豁出去，仿佛跟世界上所有的化妆品店老板都是血亲。

但相处之中他发现，其实这是一个还挺可爱的女孩。

于是，男友先生主动出击，把浓妆小姐追到了手。

那时，他还并不知道浓妆小姐对浓妆丧心病狂的热爱。

有一次，男友先生睡到一半，迷迷糊糊地起床去卫生间，推开门却看到亮到晃花眼的灯光，以及仿佛中了邪一样翻着白眼描眼线的浓妆小姐。

男友先生被结结实实地吓了一跳，惊魂甫定之后终于提出了一直以来的疑问，你为什么一定要化这么浓的妆呢？

不等浓妆小姐想好一个能一次驳倒对方，再无后患的理由之前，男友先生又放出了第二个问题："难道就不考虑一下不化妆吗？"

有前男友的前车之鉴，浓妆小姐这回横下心来咬定青山不放松，死活不肯答应。

男友先生没有勉强，卸妆的事就好像拿针扎爆了一个气球，响声消散之后，没了也就没了。

不久之后就是圣诞节，男友却提前一个礼拜就被单位派去外地出差。

浓妆小姐虽然并没有表现出什么不满，心里却还是有些隐隐的失望。

圣诞节当天，浓妆小姐无精打采地下班回来，本还盘算着要叫哪家的外卖，一抬头却在自己的家门口看到了一个等人高的雪人，以及学着雪人的样子笑得一脸呆相的男友先生。

虽然眼前的这一切略略带着俗套，但浓妆小姐的鼻子仍然有些发酸。

她故作嫌弃地批评了一下男友先生还算不得很高明的创意，接着再也无法按捺地笑起来，说："鉴于你的表现，可以要求一个奖励。"

男友先生想了一会儿，很认真地看着浓妆小姐："我想要的奖励，就是你能卸一样妆。每天那么辛苦地化妆，你真的很累吧。"

他真的很爱她，不愿看她遭受这样每天包裹自己的辛苦。

他爱她，也从来不关乎那些妆容。

可因为对浓妆小姐那一份无须言语的懂得，所以，他要温柔地慢慢来。

第二天，浓妆小姐信守诺言，没有戴假睫毛。

此后，每一个纪念日，男友都会想出一个饱含心意的点子，让浓妆小姐大大地感动一把。

而每一次男友要求的奖励都是让浓妆小姐卸一样妆。

第二次，化淡了眼影。

第三次，卸了腮红。

一次又一次，浓妆小姐渐渐成了淡妆小姐。

大家惊讶地发现，不化浓妆的浓妆小姐，虽然没有了那种逼人的美艳，整个人却散发出一种独特的光辉，依然是好看的。

现在回想起来，这种语言无法描述的光彩，其实也很容易就能分析清楚。

好的爱情，才是世间最好的化妆品啊。

婚礼当日，浓妆小姐在交换了戒指之后，被男友先生抱在怀里，泣不成声。

值得一提的是，那天她破天荒地没有化妆，素着一张脸，说是怕哭花了妆。

但其实我们都知道，她只是要把毫无粉饰的那一面，交给一个值得的人。

生活之外，你要看到一个男人的本心

娘炮先生有很多朋友，大多数都是女生。

他们一起逛街，一起吃饭，一起讨论时尚和保养品，甚至连上厕所都是一起的。

娘炮先生无限热爱自己的生活方式，也对生活充满着无与伦比的热情，他喜欢在阳光和煦的午后坐在路边的咖啡馆喝着精致的下午茶，喜欢在沐浴之后涂上滋润的乳液，然后敷一贴昂贵的面膜，他最喜欢的运动是慢跑和瑜伽，最喜欢的生活品质是精致和优雅，所以无论何时，你看见的娘炮先生都是干净、清爽、大方、得体的。

我挺羡慕娘炮先生的，羡慕他高贵典雅的生活和身边美女环绕，然后倾其所有地说着别人的八卦。

可娘炮先生告诉我，他高中时候的生活并没有这么快乐。

经历过高中时代的你一定知道，正值叛逆期的男孩子们压根儿就瞧不上娘炮先生这样的族群。

当他们在足球场上挥汗如雨、飒爽英姿的时候，娘炮先生永远都是那个跟一群女生坐在场边嗑着瓜子闲聊的人。

当他们在楼梯间追逐打闹、互相扔水球的时候，娘炮先生永远都是那个在座位上读言情小说到痴迷的人。

……

所以当他们想要欺负人的时候，总是会拿娘炮先生开刀。

那时学校里的男孩子经常玩一种很风靡的游戏，叫“阿鲁巴”。

“阿鲁巴”的主角会被大家抓起四肢，将胯下在柱子上磨蹭。

就是这样惨绝人寰的游戏，娘炮先生却无数次成为班上男生优先选择的对象。

每次玩够了，娘炮先生就默默地回到座位上，眼睛里满是辛酸泪。

娘炮先生那个时候特别讨厌自己。

“我也想变得man一点，我也想学着踢足球，可是没办法，跑两步就喘，看见球就怕，而且我特别讨厌流汗，汗臭味儿让我恶心。”娘炮先生说。

娘炮先生告诉我说，自己被攻击可能还有一个原因，就是他跟校花小姐是无话不谈的好朋友。

校花小姐人美嘴甜，学校里不计其数的男生追着、暗恋着她，却无一例外地被拒绝着，可校花小姐偏偏就跟娘炮先生出双入对、形影不离，硬是为娘炮先生引来一波又一波的嫉妒和怨恨。

“你为什么不离她远一点呢？”我问娘炮先生。

“因为我们是好朋友啊，行得正，站得直，为什么要因为别人而刻意保持距离？”

“那你不就可以少受点欺负吗？”

“无所谓的，反正高中不过三年，朋友却有可能是要做一辈子的。”

娘炮先生的这句话，让我在心里为他默默点了无数个赞。

娘炮先生说自己幸福的高中生活是从一个炎炎夏日的午后开始的。

那天校花小姐身体不适，请了半天假在宿舍休息。课上到一半，外面突然躁动起来，消防车的声音越来越近。

楼梯间早已经挤满了看热闹的人群，打听之下才知道，女生宿舍起火了。

远处浓烟滚滚，却看不清火势。

“不好了，校花小姐还在宿舍睡觉呢！”娘炮先生冲着一群正看热闹的男生大喊。

“呀，那怎么办啊？应该能救出来吧？”

“情况不知道怎么样了，但愿没事吧。”

一群男生叽叽喳喳地一边着急，一边继续向火场看过去，娘炮先生思考了片刻，拔腿就往女生宿舍跑去。

当他气喘吁吁地跑到现场时，校花小姐刚被消防员带出来，火已经扑灭了，校花小姐安然无恙。

娘炮先生激动地跑过去，满眼是泪地拉着校花小姐的手问道：

“你这个贱货，想吓死我呀，昨天我新买的鞋子还放在你宿舍呢，没给我烧坏吧？”

校花小姐笑着推了娘炮先生一把，把手里提着的一个袋子递给他说：

“喏，值钱的都在这儿呢，你鞋子也在。”

“瞧你这点出息，差点被烧死了还惦记着你这点散碎银两。”

说着，俩人肩并肩在众人的注目礼中向教学楼走去。

从那之后，再也没有人欺负过娘炮先生。

而校花小姐也始终都与他做着亲密无间的好朋友，而且最近听说，他们很快就要结婚了。

有人说这场婚姻本身就是一场阴谋，娘炮先生只是想为自己“真实”的身份做个掩护，不过娘炮先生一点也不在乎。

“管他们说什么，只要我们俩幸福就行了，像夫妻一样过日子，像闺蜜一样聊八卦，像姐妹一样逛街，这样买一送二的人生良伴别人想要还没

有呢。”

娘炮先生抿了一小口咖啡得意地对我说。

再后来我遇见过校花小姐，我问她为什么在那芸芸众男里面，偏偏挑中了娘炮先生。

校花小姐笑了笑告诉我：

“因为他是我穿越死亡那扇门时，在光明中看见的那个人，那个时候我比谁都清楚，这世上，没有人比他更珍惜我。那一刻，他是我的英雄，man到惨绝人寰。”

很多时候我总会想，究竟什么样的男人才是大多数人嘴里所谓的man。

我身边有些依然瞧不上娘炮先生的朋友，他们带着并不精致的外表，过着并不精致的生活，他们时常自以为帅气地爆着粗口、抖着腿，说着一些低级的笑话，分享着跟某女一夜情的风流韵事，大口喝酒、大口吃肉、大肆剔牙，口口声声说着“男人就应该有个男人的样子”。

可事实上，他们谁都没有十足的把握对自己的人生和朋友负责。

其实所谓man，并不单单只是那点弥留的汗臭味儿，也不是受伤之后甩甩手说句“没事，老子才不稀罕”那么简单。

“男人”这件事情于大部分人来说，归根结底，其实就是三个字——责任心。

所以亲爱的你们，何必太过在意那些生活方式的差异。

生活方式之外，你要看到一个男人的本心。

一个男人，能忠诚于自己的女人，能对得住自己的朋友，能善待自己的家人，那他便是世上最man的男人了。

在一起能真心实意地笑出来，便是好事儿

颠倒先生最爱的电影是《小时代》，最爱的角色是顾里。

他会模仿顾里的台词来形容自己：

“九百六十万平方公里的神州大地上，有谁不知道我颠倒先生巧舌如簧。”

事实也的确是这样。

颠倒先生天生一副利落的嘴皮子，能把黑的说成白的，把死的说成活的，从小学到大学，他辩论的功力与日俱增，学校组织辩论赛，他永远都是金光闪闪的第一辩手。

颠倒先生一路走来，凭着这张能说会道的嘴躲过了不少灾难。

在他年纪还小的时候，为了买零食攒里面的卡片，偷了他爸五块钱被发现了，颠倒先生挺起胸膛，英勇地站在爸爸欲挥起的皮带下说：

“爸爸，你打我之前请先听我把话说完。一直以来，我在学校都努力刻苦地读书，力争上游，为的是让你跟妈妈为我而感到骄傲，虽然我没有考过第一名，但我的成绩一直在缓慢地进步，对不对？”

他目光逼人地看着他爸，眼见握着皮带的手已经有所松懈，颠倒先生接着说：

“我偷钱不对，因为那是爸爸妈妈的血汗钱，爸爸妈妈赚钱不容易，你们辛苦了。”

他爸眼里浮上一层泪水。

“我只是想，无论在学习还是在攒卡片上，都能力争上游，都能成为

第一名。我以为，不管在哪一方面，只要我是第一名，就能为你跟妈妈争光。”颠倒先生低下头，委屈地说。

他爸那天深深地被他感动了，扔下皮带，抱着儿子一阵感慨，觉得自己教子有方。

他爸不但没有打他，还给他买了一堆零食，助他集齐了所有的卡片。

这让颠倒先生在学校里威风了好一阵子。

还有一次，颠倒先生因为晚上贪玩，忘了写数学作业，第二天要被老师责罚时，他再一次摆出大义凛然、临危不惧的架势，对数学老师说：

“老师，我没有写作业是我不对，可是我想老师布置作业的原因是让我们巩固当天所学的知识，其实我对昨天所学的已经非常熟练了，我把写作业的时间拿出来预习了新的功课，这样我的时间被充分利用起来，这样也是做了作业。”

还好那老师是个好脾气，也不是个难缠的人，听了颠倒先生的话后觉得有些道理，于是随口说了句让他把作业补上，这件事就这么过去了。

一直到现在，颠倒先生的数学都不好，十以上的加减法就得耗费一阵子时间。

“想想当时我的数学老师可真蠢，要是她稍微动点脑子，让我去讲台上讲个题，那肯定就露馅儿了，哈哈哈……”

说起这件事时，颠倒先生都是一边嘲笑那位数学老师，一边享受我们的赞扬。

私下里，我们从来不与颠倒先生争辩，因为我们知道，与他争辩的结果，永远都是自己三观全毁，罪无可恕，大错特错，恨不能剖腹谢罪。

为了减少自己的罪恶感，多数时间我们大家对颠倒先生都是礼让着的。

比如我，就曾经深受其害过。

那时我才刚毕业没多久，在职场上打拼了一段日子。

当时我们公司和颠倒先生的公司有合作关系，我是客户代表，他是策划，为我们公司撰写一个品牌推广的案子。

方案改了一次又一次，我始终都觉得有所欠缺，所以就一直没通过。

颠倒先生沉不住气了，在一个夜黑风高的晚上请我出来吃夜宵，并且语重心长地对我说：

“极光，这个案子你们根本就没有尝试过，你们怎么就知道不好用？”

“一般品牌商家没有这么干的。”

“就是因为没有这么干的，你们先干了，才占领了市场先机。当下社会最推崇什么？创新！有了创新，不管是品牌还是名气，都是无往不利的。更何况你们连用都没用就说不好，你有没有想过，假如这真是个非常可取的方案，你们错失了，之后别的公司用了，轻而易举地超越了你们，那这笔损失，你跟我，到底谁来承担？”

“可是……即便我通过了这个方案，公司那边也通过不了啊。”

“这就要看你的本事了，把我刚才说的话说给你公司听就是了。还有啊，这方案咱们翻来覆去已经改了这么多次了，浪费了你我的时间不说，也浪费了你公司的时间，要是从一开始就雷厉风行地执行起来，这会儿你们的品牌说不定已经红遍大江南北了。”

内疚和罪恶感缓缓从我心底浮起。

“不过没关系，什么时候开始都不算晚，有我呢，你就放心吧。”颠倒

先生拍着胸脯信誓旦旦地跟我说。

后来颠倒先生的策划案通过了，不咸不淡地对公司起着作用，像是一个发挥余热的老人，有点心有余而力不足的意思。

我因为力挺这个策划案在公司受足了白眼，索性辞了职。

颠倒先生再见到我时，没有丝毫悔恨抱歉之意，反而拍着我的肩膀说：

“执行得太晚了啊，太晚了，被别的公司抢占了先机，要是当时你果断一点就好了。算了，你也不用自责，反正你也辞职了，以后还会找到更好的。”

他用安慰失恋人的语句安慰着失业的我，听得我的心里一阵阵发堵。

颠倒先生永远都是对的，永远都没有错，即便是有错也是迫不得已。

他就这样凭借着三寸不烂之舌风风火火地闯着天下，从未遇见过对手。

不过这世上的人和事本来就是一物降一物，人外还是有人的。

颠倒先生和反调小姐终于还是相遇了。

反调小姐是我们另一圈朋友里的一员，无论是非黑白，都喜欢跟别人唱反调。

“这茶不错，很清苦香甜啊。”

“路边五块钱一大袋儿的茶叶，一股子霉味，苦倒是有，甜我还真没喝出来。”第一次见面，反调小姐就毫不留情地揭穿了正端着一杯茶水做文艺状的颠倒先生。

在座的我们一头冷汗，低着头吸溜吸溜地喝着水，没人敢搭腔。

“我尝着就挺好的，人各有志，萝卜茄子各有所好，你不要用自己的好恶去评价别人的品位。”

颠倒先生有些恼了，但还是压着火气，很有教养地告诫她。

但是反调小姐是坦荡荡的女汉子，最见不得装×未遂还要反将一军的人，于是毫不客气地反驳说：

“单看这颜色浑浊，还有那茶叶碎得跟渣儿似的，就知道不是什么好东西，你喜欢，那你的品位也太差了。”

颠倒先生没说话，坐在那里脸都憋红了，四周空气就跟凝固了一样，包间里分外安静。

我们一边感受着这股四散的寒气，一边忍不住为反调小姐的英勇和机智暗自拍手叫绝。

记忆里，这还是颠倒先生第一次败在别人的口舌之下，简直是可以载入史册的一幕。

又是一次聚餐，颠倒先生听说反调小姐也会来，便提前搜集了资料做了准备，找到京城一家既隐秘又可口的馆子，请大家一起去吃。

菜刚上来，颠倒先生夹了一筷子便赞不绝口：

“好吃，太美味了，这红烧肉肥而不腻，入口即化，咸甜搭配得恰到好处，十分入味儿，快，你们也尝尝，简直太好吃了。”

反调小姐唱反调的那股子劲儿又上来了，她夹了一口肉放进嘴里，随即又吐了出来。

“地沟油，一吃就吃出来了，火候太大，里面的糖都糊了，太苦，哦，都能跟上次那个茶叶的苦味儿相比了。”

“你懂什么啊？就胡说八道，这么多吃的还堵不上你的嘴？”颠倒先生终于发火了，把筷子往桌上一拍，瞪着眼睛问。

“我爸是美食评论家，我从小就跟着他到处吃，不瞒你说，杂志上还有我写的美食评论专栏呢。”反调小姐优雅淡定地夹了一口青菜，看了颠倒先生一眼接着说，“你既然这么懂吃的，不如来评点评点这盘青菜怎么样？”

两人眼里射出的火光隔空交织，噼里啪啦地迸着火花。

从那之后，反调小姐便成了颠倒先生的一大心病，每次聚会他都会向我们打听反调小姐的下落：

“今天那个不识趣的三八怎么没来，是不是被人给打了？”

“那个什么都懂的百科全书女最近怎么都不出现了，是不是没脸来见我了？”

我们被他折磨得心力交瘁，只得出卖反调小姐，把她的微信号、QQ号和电话号码一起给了颠倒先生，告诉他私人恩怨还是他们自己解决的好。

颠倒先生解决问题的办法让我们所有人都目瞪口呆。

他再出现时，是牵着一个女孩儿的手，那女孩儿不是别人，正是我们曾经崇拜不已的反调小姐。

所有人都惊讶地张大嘴巴，可两人却表现得极为波澜不惊。

“我还是觉得那个红色的包包好看。”反调小姐盯着手里新买的包对颠倒先生说。

“哪有，我觉得还是黑色好看，百搭不说，而且能衬出你大气沉稳的气质。”颠倒先生说。

“好吧，反正是你买的，什么颜色我都喜欢。”反调小姐乖巧温顺地对他笑了笑。

颠倒先生满意地点点头，他终于还是赢了反调小姐，终于又重新坐回了武林第一的宝座。

“你们怎么突然就谈起恋爱来了？”空闲时，一个朋友问他。

“棋逢对手、将遇良才，她是我人生碰上的第一个能跟我斗嘴并且胜过我的人，还正好是在我适婚的年龄，我把她收了，也省得她去祸害别人嘛。”颠倒先生得意地笑着，难掩一脸的幸福。

“哟，你总算是碰上对的人了。”朋友也笑。

“爱情里哪有对错，两个人在一起，只要能真心实意地笑出来，那就是最好的事儿了。”颠倒先生喝了口酒，面色沉稳地说着。

这大概是相处这么多年来，颠倒先生唯一一句不是靠强词夺理获得我赞成的话吧。

这世上有太多无法言说的是非对错，争辩是错，不争辩也是错，太过在意是错，太过轻纵也未必是对的。

也许正是因为这样，所以我们才总是小心翼翼地活着。

唯独爱这回事儿，无关风月，无关对错。

只因为某一个不经意的小时刻，突然就发生了。

如果你正爱着，那你便是这世上最幸福的那一个。

这世界唯一的你

You Are The Only One In The World

致傻纯呆萌缺心眼儿的你：

童心未泯的人容易快乐

在乎那些在乎我们的人吧

倘若欲望小姐在你们尚不太熟的时候，就对你表现出极大的热情，那么，恭喜，你在她眼中是个“有用的人”。

欲望小姐人很好，但是欲望小姐的朋友却很少。

因为欲望小姐把欲望都写在了脸上，她每每认识一个新的朋友，都会热情得令人措手不及。对方不超过十分钟，就会察觉到欲望小姐接近他的目的。

面对这样摆明了充满目的性的满腔热忱，任是谁都不会舒服。

于是，以这种方式相识的人，最后能够真正留在她身边成为朋友的，寥寥无几。

人都不是傻的，虽说成年后的人生，难免摆脱不了功利性的接触。可是欲望小姐的方式，实在是令人无法承受。

有时候，人与人之间的关系，摆明得太清楚，也就没意思了。

欲望小姐并不这么认为，她觉得自己隐藏得很好，另外，她觉得自己没做错。

在欲望小姐的人生观里，人就是互相利用，如果人和人之间没有利用关系，那就只能是没关系。

套用某话题电影的经典语录来讲就是：“没有利用的情感关系就是一盘沙，都不用风吹，走两步就散了。”

欲望小姐长得美，身材好，是网络红人。

她最大的爱好就是在微博上许愿。

9 致傻纯呆萌缺心眼儿的你：

童心未泯的人容易快乐

“××家新一季的衣服好美哦，要是我也有一件就好了。”

“闺蜜刚入了××家最经典的面膜，我也好喜欢哦。”

……

欲望小姐用她擅长的各种撒娇卖萌的句式许下愿望，再配上一张皱眉嘟嘴的美照，好让每一个看到这些微博的粉丝们觉得，这些东西居然没有主动飞到她身边来的自觉性，还真是大大的罪过啊！

于是，过不了几天，源源不断的包裹就会送进家门，每一个里面往往都附加一封情深意切的表白信。

只是这些表白信通常都不会得到欲望小姐的回复，她充其量只会在这一轮礼物攻势来得差不多的时候，发微博惊叹一句：“哇！世界上真的有小天使呢！”

以此来统一慰藉一下这些宅男粉丝们悸动的少年心。

这个法子屡试不爽，欲望小姐也觉得理直气壮：他们只是贪慕她的容颜，而自己能够有所回应，就已经是莫大的恩赐了。

自己得到了想要的，他们也满足了幻想，大家各有所得，本来就是互不相欠的扯平。

直到有一天，她遇到了单纯先生。

单纯先生是唯一一个不属于“有用的人”，却还能被划入欲望小姐朋友圈中的稀有物种。

他们相识于一场不怎么靠谱的生日派对。

那天，当派对的主人集结的两拨不甚熟悉的人在同一个饭局上尴尬地大

眼瞪小眼时，单纯先生就注意到了欲望小姐。

她实在是太醒目了。

对氤氲在包间上空浓郁的尴尬气氛，欲望小姐没有表现出丝毫不适，习惯性地发挥着出色的交际能力，斡旋在半熟不生的众人之间，行止优雅，悠然自得，暗自里筛选着“有用的人”。

但这在单纯先生眼中，无疑是一种顾全大局的大气表现。

像每一场聚会惯有的程序那样，大家餐毕转战KTV。

本来不甚熟悉的人们，在音乐和酒精的催化下打得火热。

而一向不擅长应付这种场面又不好意思提前离开的单纯先生，呆坐在一个角落里，迅速睡了过去。

等他一觉醒来，这场闹哄哄的麦霸大战已经散得七七八八。

单纯先生伸了个懒腰准备离开时，眼睛的余光却扫到了躺倒在沙发上，已经醉了的欲望小姐。

单纯先生叫住正要出门的最后几个人，指了指欲望小姐：“她跟你们是一起的吗？”

那几个人也都一脸茫然，摇了摇头就离开了。

单纯先生在空荡荡的包房里犹豫了一会儿，无奈之下，只得把欲望小姐带回了家。

第二天，欲望小姐在陌生的床上醒来，一开门却踢到一条横放在房门口的不明物。

在单纯先生结结巴巴的解释中，欲望小姐很快就明白了事情的始末，打断他啰啰唆唆的讲述："那你躺在门口干什么？"

单纯先生的脸一下子红了，支支吾吾地说："我怕你万一半夜不舒服，自己会听不到，嗯，就……"

就连沙发都不敢睡，和衣在地板上熬了一夜。

欲望小姐瞬间懂了他那说不出口的后半句，有些许的五味杂陈。

单纯先生有点儿不好意思地皱了皱鼻子，向她伸出手："交个朋友吧。"

欲望小姐根据多年的经验判断，眼前的人对自己来说不会有什么特别的用处，但望着单纯先生含笑的眼睛，她却想不出拒绝的理由。

然后，欲望小姐握住了他伸过来的手，眯起眼睛笑了一下。

她可不是千年等一回的白娘子，但朋友嘛，多他一个不多，权当报恩。

只是那一笑却足以让她成为单纯先生心里的房客。

单纯先生的追求方式像他的人一样温暖。

他变着法儿为她煮各种养生粥来养胃，坚持每一天晚上发天气预报提醒她增减衣物，在她生理期的时候送上药和姜汤。

久而久之，单纯先生似乎成了欲望小姐生活的一部分。

奇怪的是，欲望小姐对单纯先生竟然也始终不曾起过要求什么的心思。

他们就在这种微妙的小甜蜜中感情日益加深，却谁也没有先说破。

如果不是那一拨突如其来的快递，他们的故事也许不会就此戛然而止。

那一天，单纯先生先欲望小姐一步回到她家里，打算为她的生日准备一桌浪漫的二人晚餐。饭做到一半，门铃突然响起来，快递员送来了一堆大大小小的快递，收件人却是同一个陌生的名字。

单纯先生一边纳闷一边签收，之后他回到屋内打开电脑，打开百度搜索，轻而易举地找到了欲望小姐当网络红人的微博。

单纯先生点进去，当即傻了眼。

所有的一切就以这样一种猝不及防的方式，倾倒在单纯先生的面前。

他浏览着每一条微博和下面的评论，虽然理智上告诉自己欲望小姐这样做无可厚非，但情感上却无法认同。

他联想到自己，开始怀疑自己会不会也只是一个被利用的角色。

这种想法一出现，就再也不能抹去。

他的心像是被抛进湖里的石头，无法抑制地向下沉去。

单纯先生没有做完那顿晚餐，提前离开了。

欲望小姐回家后，看到那堆已签收的快递、打开的微博页面，以及桌上做了一半的菜，瞬间明白了刚才发生了什么。

她急忙打电话给单纯先生，却怎么也打不通。

过了很久，单纯先生发来一条短信，说，我没事，也祝你能过得好。

电话再打过去，已经是关机。

就像下载好的电影打开后被告知数据损坏一样，单纯先生没有选择重新加载，而是直接按下了删除。

在单纯先生彻底离开的这个夜晚，欲望小姐罕有地失眠了。

辗转反侧了整整一夜，欲望小姐愣愣地望着窗外蒙蒙亮的灰白天色，终于明白，这样的人，恐怕再也不会有。

这一次，她失去的东西，比她得到的，要重要得多。

欲望小姐终于为她收过的所有东西一次性地买了单。

要记得并感恩那些愿意为你付出的人，却不要因此只记得索取。

任何一件事情，都会有相应的代价。

任何一件白来的礼物，其实都被命运的大手在暗中标注了价格。

这个世界上，永远没有白吃的任何一顿午餐。

仁慈地对待自己的渺小和平凡

愤青先生的约会又失败了。

那天，他把室友教给他的约会程序一一来过，顺利得不得了。

等看完电影，已然是深夜。

两个人走在没有什么行人的路上，彼此都羞涩到不知该说什么。

愤青先生的情路，就是在这个时候，又变了道。

他们拐进一条小巷，没走多远就碰上几个人站成两派，言语上毫不客气，俨然一副要打起来的架势。

女生娇花一样地小声“啊”了一声，顺势想要靠到愤青先生身上，可手还没等碰到愤青先生的衣角，愤青先生已经甩开她，一个箭步冲上前去。

女生愣在原地，眼睁睁地看着愤青先生像颗小炮弹一样飙进人群里去了。

愤青先生当日运势还算不错，其中有一个带头大哥模样的，见愤青先生毛毛躁躁地站出来，竟没有发火，只是以为这人喝大了，也就懒得理，招呼着其余的人到别处去，大伙儿就这么一起离开了。

等到人差不多都走光了，女生这才小心翼翼地问了他一句：“认识啊？”

“不认识。”愤青先生攥着拳头，还处于义愤填膺的状态，“当街聚众斗殴，不像话！”

女生目瞪口呆，她看出愤青先生竟然是真的在为此愤怒，觉得自己的血压瞬间超标，但又说不出什么话，只能翻一个白眼，扭头走了，以后自然也再无联系。

大家听说这事之后，深表同情之余，也着实觉得有些活该。

况且，这早就不是头一回了。

愤青先生常常自诩是“浊世中最后一朵白莲花”，他仿佛出生时就带着这样的滔天怒气，碰见什么有悖于公共道德的事，无论如何也要替天行道。

一次跟朋友去屈臣氏，愤青先生正排队结账，无聊之中转身回头看了一眼，正好看到后面有一个女生被一名花衬衫大妈插队。

女生除了皱皱眉，没有太大反应，但愤青先生路见不平，立刻离开队伍，走过去拍了拍大妈的肩膀。

大妈抬头，愤青先生一脸认真地说：“阿姨，请你排队，你刚刚插了人家的队。”

大妈没搭腔，以饱经世故的深邃目光打量了他一下，然后翻了一个大大的白眼。

朋友听到声音走过来的时候，愤青先生跟花衬衫大妈已经吵得热火朝天。

朋友一看那架势，明白这又将是一场恶战，连忙上去劝，愤青先生却义正词严地说：“这种没有社会公德的事，既然碰上了，我就必须得管！”

被这么一呛，再加上看热闹的人越聚越多，朋友只觉得尴尬无比，转身默默地走开了。

也许是被愤青先生的正义震慑，也许是架不住周围群众的指指点点，大妈的脸色渐渐变得跟她的衬衫颜色一样复杂，最后骂了一句“神经病”，落荒而逃。

又有一天下午，愤青先生在麦当劳等人，当时不是用餐高峰期，吃东西的人只有寥寥几个。

一名男子打着电话进来，点了两个汉堡。

服务生大概是新人，按惯例问他要不要考虑套餐，男子有些不耐烦，挂了电话，冲服务员骂了一句难听的话。

一直在旁边看着的愤青先生又坐不住了。

“人家又没怎么样，你好好说话，骂人干什么？”

男子听到身后突然响起的声音，回头看了看坐在邻近座位上一脸愤慨的愤青先生，不屑道：“关你什么事儿啊！”

到这个地步，大部分人心里嘀咕两声也就罢了。可愤青先生却怒从心头起，“腾”的一下冲到男子面前：“不管我是不是管闲事儿，你都不占理！马上给人家道歉！”

粗口男没想到会碰上这么个硬主，显然有些发蒙，但几乎是立刻就反应过来，两人就这么互相指着鼻子大吵起来。

整个餐厅的工作人员都跑出来劝架，可粗口男要是不道歉，哪里能止得住血气方刚的愤青先生。

最后眼看要演变成一场斗殴事件，有人报了警，警察闻讯赶来，才制住二人。

据说，直到回警局做完笔录出来，愤青先生都还是义愤填膺，气得直抖。

每次愤青先生就某个话题怒发冲冠、侃侃而谈时，身边的人虽然也应和着，但心中却又都默默地想：这些事，说了又能怎么样？何须这样认真呢？

所以实在是跟这样激进的愤青先生亲密不起来，关系自然总是疏远的。

而另一边，愤青先生吓跑女生的道路，似乎也远远没有尽头啊。

经历过那么多次的失败，愤青先生似乎也明白了些许端倪。

于是他在这一次约会中，始终没有谈起什么深沉严肃的话题。

但也许正是因此，愤青先生显得有些兴致索然。

两人干巴巴地聊了一会儿，聊到再没有什么好说时，女生不经意地抱怨了一句类似于生病报销医药费太麻烦的话。

殊不知，愤怒先生就此一下子激动起来，一拳砸在桌上："我觉得现在的医疗制度还不完善，不，太不完善！"

接下来，愤青先生兴致高昂地论述了一会儿医疗保险制度存在的弊病，并一直联系到美国奥巴马的医疗改革，然后从改革开放开始，刹不住车地讲到动物保护立法。

褒贬批判，汪洋恣肆，活脱脱一名社会学家。

女生傻了，一边"嗯嗯啊啊"地应着，一边偷偷设了个一分钟后的闹钟，假装接电话，撒谎说有急事，落荒而逃。

这次约会失败以后，愤青先生沉寂了两天，突然离职了。

虽然离职原因不明，大家却以为他是因为感情太坎坷，默默疗伤去了。

但无论如何，世界终于清静了！

再不会有人因为门口炸油条的摊主大爷，而联想到社会保障制度的不完善，也再不会有人因为银行利率的调整，而一直跟你讨论国民经济的发展前景。

没有愤青先生的生活，怎么想都该是无比愉悦轻松的。

这样的日子，即使平静如水，却好像并没有少一个什么人似的。

是啊，这个世界上，无论是哪个人突然消失，都不能阻止日出日落、地球旋转和别人正常生活下去。

只是，随着时间的推移，大家总会在偶尔碰到有人乱丢烟头、插队加塞儿却又无人制止时，心里默默地想起愤青先生。想说，如果他在，该多好啊。

愤青先生再出现在大家眼前时，已经是半年之后了。

这一次，他出乎所有人的意料，竟然顶着公务员的身份！

哦！别闹！要知道，这可是愤青先生曾经怒斥过无数次、赏过无数冷眼的“社会附庸”啊！

难道，出淤泥而不染到仿佛白莲花一样高洁的愤青先生，竟然也屈服了？

你不是不满意社会制度吗？怎么也跟它一块儿玩了？有人这样问他，含讥带讽。

愤青先生却异常认真地回答：“就是因为不满意，我才更要努力改变它。我要改变它，就要走到里面来，从最基本的事，一件一件做起！”

问的人万万没想到，平时看上去只会发泄不满的愤青先生，心里却怀有这样的抱负，看到他这样坚定又充满希望的表情，竟一时语塞，尝到被人反将一军的味道了。

如果遇上不如意的事，有些人哄着自己，也就过去了，可有些人，偏偏就过不去。

他们一定要身体力行，一定要扭转乾坤，一定要看着这个世界，朝着光明的地方去。

现在，愤青先生还是“哪儿有不平哪儿有我”的一个好汉，依旧会为了插队而跟人争吵，为了公共卫生间的水龙头漏水而写建议信，为了不合理的政策而捶胸顿足。

这一切似乎哪里都没变。

但我相信，肯定有些东西，会因为他的存在，变得不一样了。

只是，再也不要那么辛苦地填空了

冷场先生的出场方式，永远都是以冷笑话开始的，紧接着是一长串自娱自乐的“哈哈哈”，那种未见其人先闻其声的诡异登场，总能让人有种毛骨悚然的感觉。

可冷场先生脑海中的冷笑话库存，如果放在微博上就是被举报抄袭的段子手，如果放在台湾娱乐节目里就是老梗王，如果放在春晚上就是曹云金。

“玉米想追求时髦去烫头，结果变成爆米花了……哈哈哈……”

“一个绿豆流血了，结果变成了红豆……哈哈哈……”

……

冷笑话开场白结束后，冷场先生会瞬间以一个滑步从门外闪进来，在目瞪口呆的众人面前摆一个天王级造型。

当然，不会有掌声的。

他总能在众人热火朝天的时候准确地泼一盆冷水，总能在大家意犹未尽的时候让人迅速断了念想。他永远在朝着与大家相反的路上越走越远，留下一阵乌鸦叫，这就是冷场先生的功能所在。

冷场先生总是在做着与别人相反的事情，大家聊《康熙来了》，他就一定会开始聊韩国娱乐；大家在KTV故意跑调唱搞笑的歌，他就一定会深情款款地唱一首苦情的歌；大家慕名去一家知名面馆吃面，他就一定会点一份盖浇饭；当大家都各自安静地坐着一言不发的时候，冷场先生却开始像打了鸡血一样活蹦乱跳，紧接着，就是一长串的烂俗冷笑话……

机智的你们一定会很想问，既然这样为什么我们还是要跟冷场先生混在一起呢？

那我可以直接简单地告诉你们，因为冷场先生是个好人。

他真诚热情，正直善良，我们爱他，就像他爱我们一样，所以无数个不眠狂欢夜里，我们都包容和容忍着他简单粗暴地加入我们谈话或玩乐的方式。

有时候我们会想，冷场先生也许只是有个单纯地成为冷笑话王的梦想，所以谁也不打击，谁也不反驳。

只是，后来因为某个突发事件，冷场先生淡出了我们的朋友圈。

那天，某位朋友刚刚失恋，心情很差，喝了几杯闷酒又被大家劝说了几句之后，决定去KTV热闹一场，转换下心情。

一群人浩浩荡荡地来到了钱柜，紧接着就是一串《眉飞色舞》《舞娘》《月亮之上》《今儿个真高兴》等一系列横跨整个歌坛史的high歌。

朋友的脸色渐好，心情也随之好转了一些，可是就在这关键当口，哀怨的音乐响起，冷场先生仿佛杜鹃啼血般地唱了一首很不应景的《轨迹》。

“我会发着呆，然后忘记你，接着紧紧闭上眼，想着那一天，会有人代替，让我不再想念你……”

他唱得缠绵悱恻、感情饱满，好几次唱得自己都险些掉下泪来。

曲终，冷场先生拖着悠扬的尾音，还不忘朝我朋友抛一个怜惜的眼神。

音乐戛然而止，整个包间都安静了下来，场子如愿地冷了下来。

所有人都默不作声地用眼角余光看着失恋的那位女生，看着她如所有人预想的那般放声大哭起来。

冷场先生没有就此罢休，放下麦坐在朋友身边，笑呵呵地问：

“哎，怎么突然就哭上啦？刚才不是还挺高兴的吗？你看你怎么跟个洋

葱似的？哈哈哈……”没有人说话，冷场先生接着说，“知道为什么是洋葱吗？因为有一颗洋葱，玩着玩着就哭了。哈哈哈……下面就让我为你带来一首杨宗纬的《洋葱》吧！哈哈哈……”

冷场先生的笑声就这样在一片可怕的安静中荡漾着，余音袅袅让所有人都不寒而栗。

终于，失恋的朋友忍不住了，她“噌”的一声从座位上站起来，指着冷场先生说：

“你有完没完？是觉得我失恋很好笑吗？还是觉得我哭很好笑？你每次说话的时候现场都一片寂静你发现了没有，知道为什么吗？不是因为你说的话特别让人想听，而是你真的很讨厌、很烦人、很让人不知道要跟你说些什么。以前只是觉得你很无趣，但是没想到你心眼儿那么不好使，笑？笑个屁啊笑！滚吧，你赶紧给我滚，别跟这儿给我添恶心！”

直到现在为止，我还依然记得那天冷场先生离开时沮丧而悲凉的背影。

我们都很想为他辩驳句什么，可话到嘴边，就变成了一声叹息。

后来很长的一段时间，冷场先生都没有再在我们的朋友聚会上出现过。

某次因为工作的原因，我跟冷场先生通了个电话，说起那次的事情，我问他为什么要去唱那首悲情歌。

他沉默了一小会儿，才回答说，因为他想让她放声哭出来，哭出来，心里就会好受些。

我又问他为什么去讲那个冷笑话，他说因为他想哄哄她。

他说其实很多时候，自己也知道那些笑话不好笑，但是聚会的时候总有空白，他总觉得自己有义务把空白填满，也很想让大家因为他而变得更加快乐起来。

最后，他对我说：

“极光，其实我真的很爱你们这些朋友的。”

那通电话之后，我沉默了很久很久。

我很想告诉冷场先生，其实聚会和人生一样，难免总是会有很多空白的。

我们总是嚷嚷着“青春不留白”这句土气的口号，可很多时候，我们都太需要给自己留下某段无所事事的空白，不憧憬、不缅怀、不恨、不爱，就只是静静地一个人待着，看着时间悄然流逝。

从生到死的路很长，走累了，就需要停下来休息一会儿，看看空白时候的风景，不须慌张，无须填满，只要静静欣赏。

也许，事过境迁，我们就会发现，当初这些有意无意中留下的空白，才是真正值得怀念的时光。

慢慢地走，静静地看，才不会错失风景。

最后，我想说：谢谢你，亲爱的冷场先生，我们也爱你。

只是，再也不要那么辛苦地填空了。

我们都挺怀念有你在的冷场时光，再一起出来玩儿吧。

早知道你不是个好人，没想到连坏人都不是

我时常在想，如果时光可以倒流，那我宁愿跟自己人先生成为杯水之交的普通朋友。

因为如果是这样，那我至少还能在有生之年听到几句来自自己人先生言不由衷的赞美。

我已然记不起自己人先生上一次称赞我是什么时候，可他羞辱我、打击我这事儿，也许在你们看见这篇文章当下，就正在发生着。

“我今天这件衣服是不是特别丑，我觉得自己的自信都被磨灭了。”

“嗯，是很丑，简直就是史上最low，没有之一，你应该没自信的，不过没有关系，你的人生本来就充满了low，但你还是活蹦乱跳地活着，我以你为荣。”

如果这是你得到的来自自己人先生的答案，那么恭喜你，他已经把你视为知己，从此以后，你们便是最要好的朋友了。

自己人先生出口伤人的案例比比皆是。

你一定会好奇既然自己人先生这么刻薄，为什么我们还愿意与他做好朋友，那我就再举个例子给你听。

我们朋友圈里有个女生，生得貌美如花，仅此而已。

她刚上大一那年不知怎么就误入歧途，一年的时间里胖了十五公斤，那年暑假再见到她时，我甚至能听见无数曾经暗恋她的少年心碎的声音。

“天哪，你好像猪哦。”自己人先生一脸惊讶地说。

“我是胖了好多，不过我在尝试着减肥，但总是支撑不下去。”美如花小姐无奈地低下头。

“哈哈，笑死人了，你变胖的时候是怎么支撑下去的？”

美如花小姐沉默不语，气氛也随之紧张起来，不过自己人先生从来都不在乎，他优雅地喝了一口红酒，继续说：

“你说你有多可怜，不是富二代，也不是学霸，考了个三流大学，毕业之后除了混出个屁用没有的文凭就什么也没了。原本你还算有点姿色，这下好了，连你唯一拥有的东西也被你弄丢了。你现在是个一无所有的人了，所以即便你死掉了，应该也会了无遗憾了吧。”

美如花小姐的头越来越低，最后干脆伏在桌子上痛哭了起来，我们一边示意自己人先生赶紧闭嘴，一边安慰着沉浸在悲伤中的美如花小姐。

“你们别哄她。”自己人先生怒斥我们，“让她哭，还知道羞耻就说明还有救，不过话又说回来了，哭有什么用？能哭干你身体里厚厚的脂肪吗？你看看你自己现在这个样子，我看见都要恶心死了，我走了，你们慢慢吃吧。”

说完，自己人先生起身离开了现场，留下一个恨铁不成钢的决然的背影。

那场聚会之后，美如花小姐就跟我们失去了联系，她换了电话、改了QQ号码，仿佛从来没有在我们的生命里存在过一样。

朋友间对自己人先生难免有些背后的怨尤，偶尔也会委婉地向他表达，觉得他那天的话实在是讲得太过了。

可是自己人先生却每每都义正词严地呵斥大家：我是把她当自己人才这么讲的啊，是个路人，鬼才要管她。

对此，大家也只能选择沉默。

一年后，就在大家都要淡忘曾有过美如花小姐这样一个人之时，美如花小姐横空出现了，穿着一件漂亮的洋装，化着精致的妆容，摇曳着曼妙的身材。

没错，美如花小姐瘦了，而且比以前更美了。

“哟，这才像个人样嘛。”自己人先生贱贱地说，但嘴角还是忍不住上扬，露出一个满意的微笑。

时至今日，美如花小姐都还记得自己人先生那刻薄得如海一般的恩情。

因为毒舌，自己人先生也不是没有吃过苦头，被朋友反目，遭受飞来的横祸。

但他却始终我行我素，死性不改。

可不管怎样，故事发展到最后时刻，却总能证明他是对的。

比如他同火爆小姐之间的爱恨情仇。

火爆小姐的脾气就像是一颗不定时炸弹，跟她相处总要分外小心，指不定哪一刻就突然爆炸伤及无辜。

但是唯有自己人先生不怕她，对她的刻薄也从未削弱过，火爆小姐也破天荒地包容着自己人先生，从未对他发过脾气。

“因为他说的话永远都是对的。”火爆小姐语气坚定地说。

可是天要下雨娘要嫁人，火爆小姐也终究是要谈恋爱的，恋爱中的火爆小姐对自己人先生就没这么包容了。

在一个阳光和煦的午后，当火爆小姐自信满满地把自己交往了两个月并爱得死去活来的男朋友介绍给大家的时候，自己人先生嘴角立马上挑，露出毫不掩饰的鄙夷。

“我不得不用我专业的火眼金睛告诉你，他是个烂人，绝对是骗财骗色的主儿。”火爆小姐男友走后，自己人先生非常诚恳地对火爆小姐说。

“你凭什么这么说？就凭他走的时候向我借了两百块钱？”

“没错。”

“看人别这么片面，他是深藏不露，人家可是富二代，家大业大的，最近他爸想让他回去接管公司，他死活不肯，所以断了他的口粮，没收了他的跑车，但是……”

“但是他依然愿意跟你浪迹天涯，感觉特浪漫，是吧？别傻了姑娘，这男的浑身上下都散发出穷出生、土成长的味道。瞧他刚才那样儿，喝热咖啡用吸管也就算了，还喝得‘吸溜吸溜’的，从坐下就开始抖腿，我跟他挨着还以为自己是在坐轿呢……更甭说他那包和鞋，一水儿的批发市场货，还有脸说自己是富二代？要我说，跟他赶紧分手，到时候上当受骗了，你哭都没地儿哭。”

听完自己人先生的话，火爆小姐不干了，沉浸在恋爱中的女人智商为零这项研究数据，一点儿都不冤枉女人，火爆小姐“噌”的一声从座位上站起来，像一只气得快要爆炸的河豚。

接着，她顺手拿起桌上那杯喝剩的咖啡，冲着自己人先生的脸泼过去，然后气势汹汹地离开了现场。

自己人先生一边痛心疾首地抚摩着自己那件昂贵的衬衫，一边小声嘀咕说：

“我就等着看你被甩的好戏。”

语气恶毒，但也透着深深的担忧。

时间仅仅过了一个月，火爆小姐就被甩了，原因是她不想再拿出更多的钱来资助男朋友游手好闲和花天酒地，分手时那男的捶胸顿足地说：

“你真是让我太失望了，我以为你跟别人不一样，其实根本不是这样的，我们分手吧，我想我可以找到更好的。”

男友走了，临走时还带走了火爆小姐给他买的那个名牌包。

“傻×，他就是一傻×。”火爆小姐向自己人先生抱怨道，“上次的事情，对不起啊，你原谅我好不好。”

“原本我是不打算原谅你，不过你这场戏让我如此过瘾，也就算了。哦，对了，上次我穿的那件衬衫很贵哟，我穿180码的尺码，谢了。”自己人先生贱笑。

“人家都说物以类聚，我交往了一个烂人，所以我总觉得自己也是个烂人。唉……”

“你本来就是啊，不过没有关系，你可以把自己变成一个好人，然后交往一个好人。”自己人先生如是说。

我问自己人先生为什么只对熟悉的人下此毒手，对不熟的却礼貌和善，他认真地回答我说：

“首先呢，大家都是自己人，我有责任和义务尖锐地指出你们身上存在的不足，跟我不熟的人，谁要管他们呀？第二就是……我怕被他们打。”

“那你能不能破例夸我一回。”

“没门儿。”

自己人先生白了我一眼，继续干自己的事儿去了。

所以你们知道我们为什么这么执着地跟自己人先生做朋友了吧。

逆耳的忠言就像是苦口的良药，不堪入耳，难以下咽，费力不讨好。

自己人先生就是做这件利人损己事情的人，所以即便他是朵刻薄的“奇葩”，我们大家也依然爱他。

在成长的路上，你总会遇到一些忠言逆耳的朋友，他们初识时各种有礼貌，熟了之后，他们开始把你当作自己人，讲话却开始犀利、冷漠、针针见血、不留情面。

有些时候的确会被他们的话伤到，觉得很难接受，偶尔也会感慨人生若只如初见。

可更多时候，只有这些带着刺的话，才能改变你，让你变成更好的自己。

这个世界上，其实不会有太多人，会把你当作自己人。

遇到一个这样的人，你得感恩且珍惜。

这世界唯一的你

You Are The Only One In The World

现实世界中力不从心的你：

练习十万种不辜负，
依然绕不过那小小的孤独

这世上最难看的东西，是真相

秘密小姐的爱情格言是：不隐瞒，不欺骗！

秘密小姐的爱情主打歌是：我和你的爱情，好像水晶，没有负担、秘密，干净又透明。

没错，秘密小姐人不如其名，她眼里、心里都容不下任何秘密，她觉得在一起的两个人应该知根知底，回忆得了过去，张罗得了现在，展望得了未来，这样的感情才算完美。

秘密小姐有一位男朋友，交往了两年，两年来秘密小姐对男友进行了摧毁性的严刑逼供，几乎要把男友家的祖坟都刨出来问个究竟，男友那点家底儿都已经被秘密小姐掌握得一清二楚。

你爷爷的爷爷是做什么的？你爸妈呢？你跟你前女友为什么分手？你昨天跟谁出去玩的？都玩了什么？你在KTV唱了哪几首歌？为什么要唱这么苦情的歌，你又没失恋，以后要多唱欢乐的，表达你在爱河中游泳的幸福哦……

不过秘密小姐也不吝啬，相爱的概念首先是互相坦白，然后才有爱，所以在很多个翻云覆雨过后的夜晚，秘密小姐也掏心掏肺地把自己的过往双手奉上。

嗯。这样才算公平，才算相爱。秘密小姐想。

可是天要下雨娘要嫁人，我们的秘密小姐也应该有一个能衬得起她名字的秘密才对。

那天秘密小姐去参加一个朋友的生日party，喝得烂醉，糊里糊涂地就跟一个长相俊朗的玉面小生发生了关系。

当秘密小姐抚摩着酒店洁白的床单醒来时，她的第一个念头就是：绝不能让男友知道这个秘密。

可是这件事情辗转多人，最后还是让男友知道了，男友没有指责也没有怨恨，只是用略带雀跃的神秘口吻对秘密小姐说：那正好咱们就分手吧。

秘密小姐因为自己的失误而失恋，为此她忧伤了好一阵子。

“你根本不知道分手那一刻，他有多高兴，都掩饰不住。唉……当初追我的时候跟狗似的，真是人心难测，说变就变啊。”秘密小姐对我感叹道。

“其实两个人之间保留一点儿秘密不好吗？何必把对方逼得那么紧呢？”

“为什么要有秘密？相爱的两个人不就是应该互相了解、互相体谅吗？我们不知道对方的过去和现在，又怎么能掌握未来？算了，跟你说你可能也不懂，经营爱情本来就是件很难的事情呢。”秘密小姐摆摆手，示意不想再聊下去。

忘记失恋痛苦最好的方法，就是以光速投入下一段恋爱。

很快，秘密小姐就在一次聚会上认识了坦白先生。

坦白先生和秘密小姐的爱情观、爱情格言、爱情主打歌都惊人地相似，这深深地吸引了秘密小姐，于是两人很快就确定了关系。

秘密小姐对这段感情的确定得意得不得了，她说：

“看吧，这世上终究还是有人懂我的。”

秘密小姐和坦白先生刚开始交往的那半个月里，两人几乎是不眠不休地倾诉着，从自己开始有记忆的那天说起，毫无保留和盘托出。

“谢谢你出现在我生命里。”秘密小姐靠在坦白先生的肩膀上，温柔地说。

终于有一天，两个人的秘密都说完了，两个人也就陷入了大眼瞪小眼的状态。

机智如坦白先生，看着自己的女友整天蔫头耷脑地毫无生气，他灵机一动又有了新的提议。

“不如我们来说一下彼此的QQ密码、微信密码、微博密码和银行卡密码呗，这些也算是秘密吧，是不是也应该坦白？”

“好啊……”秘密小姐的眼睛里闪过一丝光亮和对自己男友深深的崇拜以及爱慕。

可谁也没想到，在他们交换密码后的第三天，坦白先生就消失了。不仅如此，秘密小姐还接二连三地接到朋友们的电话，告诉她钱已经打到她卡上了，让她查收。

“钱？什么钱啊？你钱多得没处花已经到了可以肆意赞助我的地步啦？”

“不是你在微信和QQ上跟我说你急用的吗？”

秘密小姐这才察觉出不对劲儿，想去银行查账，却发现银行卡早已不翼而飞，挂失之后，被告知里面的钱全都没了。

那日大雨倾盆，秘密小姐对着我哭得都快背过气去了，一边哭一边说：

“极光，你说我怎么那么傻啊？被人骗财骗色，还欠了一屁股债，而且我人缘怎么那么好啊，有好几个朋友都给我打钱了……”

我递给秘密小姐一张纸巾，没说话，就任凭她那么哭着。

外面的雨渐渐停了，秘密小姐也哭完了，最后，她从包里拿出一摞钱放在我桌上，对我说：

“这钱还你，其实我挺感动的，他能让我知道原来我身边有这么多真心待我、愿意在任何时候借钱给我的朋友。极光，你上次说得对，其实留下一点儿秘密、一点儿空间，是好的。”

说完，秘密小姐露出一个淡淡的微笑，转身走了。

事实上，在爱情里，两个人真心无须刨根问底。在一起的两个人，就如同栽种在一起的两棵树，如果挨得太近，太紧密，终究会干枯衰竭。

那些已成过往的事情，终有一天会在记忆中散去，即便是一直记得，不触碰，便也不会想起。

就像一件陈旧的衣服，一直藏在衣柜的某个角落，存在但是却被遗忘了。

雾里看花水中望月，有时也会是最美的风景。

大部分时候，这个世界上，最难看的东西，叫作真相。

而有一种特别珍贵的聪明，叫作难得糊涂。

人生需要揭穿，即便万分残忍

从初中起，八卦小姐就开始博览各种八卦报刊、杂志，各家网站的娱乐版，精通各路明星的各种八卦，炒作、密恋、潜规则，无不信手拈来，如数家珍。

后来，八卦小姐顺利考进了一所很厉害的传媒类大学，主攻新闻专业。

虽然每天学的都是各类正经得不得了的课程，但私下里，八卦小姐对八卦的热爱却不曾减少半分。

白天上课、自习一样不落，晚上回去就在天涯发帖开扒各路明星，遨游在八卦的世界中不亦乐乎。

随着资历增长，八卦小姐也不再只是一名单纯凑热闹的看客，她能够把几篇看上去无甚关联的报道勾连起来，发现几处耐人寻味的细节，分析起来头头是道，几乎次次都是对的。

时间一长，在网络上竟也小有一些名气。

除了那一颗闪闪的八卦之心，八卦小姐还有一双贼亮贼亮的善于发现八卦的眼睛。

比如，这些日子以来，温柔低调的外系系花就成了八卦小姐的重要目标。

确定这个目标的原因其实很简单。

那一日，八卦小姐在教学楼前等朋友下课一起吃饭，这时从校外开进一辆面包车。几个眼熟的外系学生陆续从车上下来，有说有笑地各自散去。

系花是最后一个，下车之后，回过头风情万种地朝车里笑笑，摆了摆手，而透过贴着茶色贴膜的车窗，八卦小姐隐约看到了一向严肃如冰雕的系主任春光灿烂的脸。

在八卦猛料里摸爬滚打惯了的八卦小姐，敏感地嗅到了一丝不寻常的味道。

系花和系主任，一定有事儿！

八卦小姐浑身的八卦细胞全部被调动起来了，兴奋得如同刚打了三管子鸡血。

接下来的时间里，她私家侦探一般地展开全方位的观察，种种迹象都证明了自己之前的猜想应该是八九不离十。

八卦小姐第一次在现实生活中八卦到真人，激动之情溢于言表，忍不住跟身边的人分享了这件事。

八卦小姐虽然无意大肆宣扬，然而八卦这件事，本身就比流行性感冒还要厉害，不到两天的时间，已经成了校内几乎人人皆知的秘密。

有一天，通宵赶论文正补觉的八卦小姐被震天的敲门声惊醒。

一开门，一个人影“嘭”的一声就撞了进来，正是哭得梨花带雨的系花。

系花一见了她，哭得更凶了，吵着嚷着要跟她对质。

门外早已经聚集了不少群众围观，系花眼妆花得一塌糊涂，气都喘不匀，断断续续地说了好久才说清楚，为了这些莫须有的谣言，谁看到她都要在一边窃窃私语一番，系花男友也受不了舆论压力，提出了分手。

关于系花和男友的恋情，大家都有所耳闻。

据说两人高中时就在一起了，奔着毕业结婚去的。

系花蹲在地上哭得肝肠寸断，看着一向大方得体的她现在就像一个零件散掉的芭比娃娃，八卦小姐不由得内疚起来，站在那里不声不响地沉默着。

众人面面相觑地看了一会儿，几个人走上来半哄半拉地把系花架走了。

但大家看八卦小姐的眼神却明显变了。

八卦小姐的沉默在他们眼中不外乎是一种默认，是一种被揭穿了真相而无言以对的尴尬。

于是，八卦小姐在众人心中迅速从一个八卦爆料机，堕落为一个千夫所指的造谣者。

“听说她暗恋人家男朋友，故意造谣拆散他们。”

“听说谁得罪她，她就在网上发帖黑谁呢，自己不行还见不得别人好。”

“你们知道吗？听说她当年分数其实不够的，名额是找了关系拿到的。”

……

一时间，关于八卦小姐的各种说法也平地而起，八卦小姐第一次成了八卦的中心。

这些关于她的八卦不知有几分真，几分假。

总之，八卦小姐从来没有反驳过。

或者说，反驳也没有人肯听。

从那之后，大家每每遇到八卦小姐，总会神情淡漠地走开，或是避到一旁指指点点，如同隔离一名重症传染病病人。

八卦小姐仿佛也收了心，再也没有八卦过什么。

直到临近毕业，学校里倏忽间又一次风云变色。

系主任老婆突然上门，直接冲到教室里直奔系花而去，揪头发、扯衣服，全然不顾形象地厮打起来。

据说系主任只是站在旁边默默尴尬，话都不敢讲。

系主任老婆是个暴脾气，手里打得起劲儿，嘴上也一直没闲着。

从系主任老婆的大骂中，大家渐渐意识到，原来前段时间系花跟系主任的八卦是真的。

系主任跟系花的关系，虽然先前保密工作一直做得很好，但没想到被八卦小姐看出了端倪。

然而幸好脏水泼得快，系花在事情闹大之前，先一步扮演了受害者的角色。

八卦小姐事件一出，大家想当然地把批判的矛头指向了八卦小姐，再也不会怀疑到他们。

只不过，这边倒是自作聪明地以为万无一失了，万万没想到，漏了自家老婆这一道。

有了舆论保障的二人暗地里更加肆无忌惮起来，终于被忍无可忍的正宫亲自捉奸，结束了这一场闹剧。

直到这一刻，众人才幡然醒悟，原来大家都误会了八卦小姐了。

系主任老婆闹上门的那一天，她正躺在宿舍的床上看小说，对于舍友激动万分的情景再现，只是淡淡地“哦”了一声，对大家或赞扬或叹服的评

论，也没有多做回应，好像这件事过去了，就真的过去了。

八卦小姐一战成名，但她却并没有就此事再发表过什么言论。

毕业后，八卦小姐成了一位令众明星闻风丧胆的娱乐记者。

陌生的人认为她喜欢丧心病狂地挖隐私，熟一些的人以为她是玩心不减。

她却认真地说，每每发出一篇报道，无论造成的影响大小，她享受的是还原真相的快感。

认清事实，其实远比我们想象得重要。

也许起初的喜欢八卦，只是为了满足那点旺盛的好奇心。

但现在的八卦小姐，却是在为自己心中的信念而不断前行。

虚幻的美好就犹如肥皂泡，终有幻灭破碎的那一天，而那即使万分残忍，终究也是不得不承认的真相。

就像挑出一根扎进肉里的刺，虽然很疼，但痊愈之后的日子，却仿佛雨过天晴。

八卦小姐就是这个挑刺的人，做着费力不讨好的工作。

但是，你懂的，她不在乎。

她知道，能够做自己喜欢的事情，就已然很幸福。

所谓的离经叛道，只是为了让你多看一眼

特别先生有一项出色的个人特色，能够让每一个与之交往的人，即使是第一次见面，都会深深地记住他。

因为，他最大的特色就是，不断地跟你唱！反！调！

每每有人提出一个话题，无论他人持有怎样的态度，特别先生总会十分有腔调地伸出一根手指左右摆一摆，慢悠悠地摇摇头，说，不，我觉得完全相反。

朋友聚会，有时聊到某部最近上映的电影，大家交口称赞，特别先生却会做出一副夸张的不屑神情："这片儿多无聊啊！"

看着特别先生摇头晃脑的样子，身边的人总会忍不住产生一种强烈的"抽他"的欲望。

近期的世界杯上的某场比赛，整个办公室几乎都是主队的球迷，大家同仇敌忾、热火朝天的时候，只有特别先生高呼客队必胜，似乎恨不得为此押上自己的整个身心。

即使特别先生并不看球，即使他并不能就这场比赛说出个什么所以然来。

女生们喜欢三三两两凑在一起，抱着iPad看韩剧。

戏里的男女主角在雨中彼此告白、深情相拥，戏外的她们哭成一团，只为他们的凄美爱情。

就是这种时刻，特别先生也会冷不丁冒出来，高深莫测地啧啧两声："穿

帮了，你看地上都有后面洒水车的影子。”

幸好特别先生平时为人不坏，最多只会被狠瞪两眼，而不至于被暗中毒杀。

诸如此类的事不胜枚举，如此一来二去，每当提起特别先生，大家总会统一地给出回复：呵呵。

事实上，特别先生人很好，可他那习惯性的唱反调，却着实有些烦人。

据说，以前的特别先生并不是这样。

这种变化是何时产生的呢？身边的朋友也说不准。

我不知死活地提出这个问题的时候，特别先生若有所思地想了一会儿，点了一支烟，好脾气地笑了笑：“我给你讲个故事。”

故事里的人，我们暂且叫他透明先生。

透明先生的特点在于没有特点，存在感低到无论走到哪儿都不会被注意到。

明明身在人群之中，却仿佛是一团空气，总是成为被大家忽略的对象。

“每个人都要呼吸，而我好像只要二氧化碳就够了。”

不管你向他寻求什么意见，透明先生的回答永远只有三个：好、嗯、对。

后来，每一次做决定，大家都想当然地把他划入投赞成票的那一堆里。

即使在他接受结果的时候，常常深感当初自己若是知道，绝不会投这一票。

在某个很适合看红叶的时节，办公室的同事们一起约好，周末去爬香山。

午饭后，大家或拍照或爬山，透明先生则找一个角落搭了一张从小贩那里买来的吊床，心满意足地睡了过去。

透明先生是被深秋凛冽的山风冻醒的。

当他睁开眼的时候，天色已经将近全黑了。透明先生陡然清醒过来，他发现身边一个人也没有，连忙跑到一开始停车的地方，车也不在了。

透明先生掏出手机来想打电话叫个什么人来接自己，却发现手机也早就电量不足自动关机了。

透明先生心中一凉，他明白，这一次自己又被忽略了，还陷入了完全失联的境地。

那天晚上，透明先生顺着来时上山的路走了整整一夜。

终于，天又一次亮起来的时候，他在接近山脚的地方遇到了一辆摩的。

据说那个时候，透明先生几乎要被冻僵了。

而透明先生明白，被冻僵的还有身体里某个尚在跳动着的东西。

第二天上班时，大家依旧谈笑自若，与平常没有什么两样，谁都没有提到透明先生被落下的事情。

除了透明先生自己，这件事，直到现在也没有人发觉。

透明先生跳了槽，有了新的同事。

然后，突然有一天，他就成了爱唱反调的特别先生。

特别先生乐此不疲地扮演着每一个搅局的角色，在大家眼中渐渐成了事儿妈的代名词。

每次要做什么团体性的决定，本来十分简单的一件事，却总因不得不顾

及那个难缠的特别先生，而变得有些困难起来。

即使最后没有对结果造成什么影响，特别先生这样唱反调，怎么也都是惹人厌烦的。

于是，在某个闲暇的中午，终于有人忍不住开始埋怨特别先生的麻烦之处。

恰好吃完午餐回来的特别先生站在门外，默默听着那些话，喉头有些苦。

这一切对他而言仿佛是不公的，却又理所应当。

同事的抱怨还在继续，特别先生有些自嘲地笑笑，准备暂时离开，再去周围随便什么地方转一圈，装作什么也没有发生。

等回来之后，他仍旧是喜欢唱反调的特别先生。

就在此时，一个好听的女声响起来：“别这样说，他兴许只是想发表自己的意见，不是故意要跟谁作对的。”

隔着门而有些失真的音色，让特别先生辨别不出声音的主人到底是谁，却在那一瞬间有些恍惚，仿佛有一只小手，在他心上推开了这个世界真实的善意与温暖。

特别先生还是没有进门，他去附近的小公园转了一圈，带着轻松和舒畅。

后来，特别先生并没有刻意去找她，只是由衷地感谢那个为他说过一句话的女生。

以后的日子里，特别先生还是特别先生，只是唱反调的频率低了许多。

大家开始乐于跟他交流，每当遇到什么事，也总不忘问一下他的意见。

特别先生的朋友慢慢多了起来，他本就是一个好人。

那些所谓的离经叛道，也许只是想让大家看到，其实我也是个不错的人。

哪怕是以这样一种略带些讨嫌的方式来引起别人的注意，获取他本应获得的尊重与关注。

若你身边也有这样一个特别先生，请多给他一些注目吧。

这世上，每一个人都值得被珍惜，被温柔注目，被妥帖呵护。

就像《千与千寻》中的无脸男，渴望发声，渴望温暖，所以当善意真的出现，哪怕只有一丝，他也会因此变得善良起来。

一颗真心，抵得过万水千山的好

美貌小姐从小就拥有一项过人的天赋，那就是——长！得！美！

每一个第一次见到美貌小姐的人，都会问同一个问题："你是演员吗？"

看到美貌小姐摇头之后，大家总要显出一副万分惋惜的样子。

美貌小姐不仅相貌出众，随着年龄的增长，气质也越发迷人，举手投足之间，宛如下凡的神仙姐姐，单靠素颜就比近日某位恋情曝光的话题女星还要美上那么一点点。

爱美之心，人皆有之。

在这个如此看脸的社会，美丽的美貌小姐自然成了各位男同胞无论适龄与否都竞相追逐的对象。

然而，美貌小姐的情史却出乎意料地简单干净，除了一次初恋，就再也没有别的。

美貌小姐和有钱先生的故事是以一种现在看来最老土的方式——相亲开场的。

相亲的地点约在某家高档餐厅。

第一次见面，有钱先生就对美貌小姐表现出明显的好感。

但有钱先生并没有急巴巴地献殷勤，而是保持着绅士的态度和应有的礼貌。

对于有钱先生的礼貌，美貌小姐也心存一份感激。

这次相亲是父母的朋友介绍的，美貌小姐硬着头皮应承下来，根本就没有存什么希冀在里面。

可喜的是，对方看样子不是什么难缠的人。

大家干净利落，好聚好散，总要好过黏黏糊糊的纠缠。

这一餐中，美貌小姐和有钱先生一直保持着不痛不痒的闲聊，由于他们对彼此最初的印象都还不错，说到某个双方都感兴趣的话题，竟还能深入地多说几句，不像相亲，反而像是一对多年不见有些生疏了的熟人，约在一起叙旧。

饭后，他们一起去看了电影。

买票时，有钱先生习惯性地准备刷卡，一旁的美貌小姐却抢先一步递上了现金。

有钱先生慌神儿了片刻，美貌小姐见他这样的神情，微微笑了一下：“你请我吃饭，我请你看电影，应该的。”

有钱先生见过不少女孩，捏着嗓子装娇羞的、端着架子扮典雅的，各式各样，前仆后继，几乎都是冲着嫁入豪门当阔太太来的。

见得多了，有钱先生也感到有些迷茫，他分不清楚身边撒着娇说爱他的，图的到底是他的人，还是他的钱。

经济条件富足本来是一种保障和资本，现在反而成了让他最担惊受怕的梦魇。

然而，今天却出现了一个主动买单的美貌小姐，有钱先生心中不由得为美貌小姐加了不少分。

他想，这个女孩，或许有点儿不一样。

当晚，有钱先生把美貌小姐送回到她家楼下，分手时提出了进一步交往的想法。

美貌小姐仿佛早就想到了似的，不置可否地耸了耸肩膀，抛出一个简单明了的问题：你最好想想清楚，你喜欢的是脸，还是人?

有钱先生愣住了，一头雾水地默默退下。

美貌小姐迄今为止谈过的唯一一次恋爱，是在她十九岁的时候。

当时正在读大一的美貌小姐，暗恋对象是一名大自己两届的中文系学长。

那年校内篮球赛，结束的时候，美貌小姐在闺蜜的百般怂恿下终于鼓起勇气，送了一瓶水给学长，紧张到手心里都汗涔涔的。

学长看到她，温和地冲她笑了一下，接过水说了声“谢谢”，然后拧开瓶盖喝了一口，又说：“有空一起吃个饭吧？”

美貌小姐暗恋转明，两人迅速坠入爱河，感情进展得顺风顺水。

大概是由于专业的关系，学长喜欢的话题总是有关文学、历史，聊起某本书的思想内涵，能跟你连讲半小时不带喘气的，加上身上自带一股忧郁深沉的气质，总让美貌小姐望尘莫及。

美貌小姐深谙“思想高度不同如何相爱”的道理，于是开始博览群书、听遍各类文学讲座，努力让自己充实起来，尽力向着学长的高度靠近。

如同演艺圈里的女星，脸蛋儿越漂亮，就越想摆脱“花瓶”的帽子，证明自己是实力派。

那一天，美貌小姐跟学长约好一起吃午饭，她比约定的时间早到了半小时，想要给学长一个惊喜。走到教室门口时，却听到学长跟他的朋友聊天。

朋友正在抱怨自己跟女朋友近来总是吵架不断，末了，朋友由衷地感叹了一句："还是你的好，就算什么也不做，摆在那里看看心情也舒坦啊。"

学长满不在乎地回答："做人不能只看脸。"

朋友在学长肩膀上使劲儿一拍："拉倒吧，要是没有那么漂亮，你能跟她好？"

"当然不能。"

说完，两人对视一眼，同时意味深长地笑起来。

美貌小姐胸口一闷，仿佛有一块冰顺着脊梁滑下去，一直凉到心里。她顿时明白，自己努力地做了那么多，都比不上描个眼线更能得到他的欢心。

这就像写了一封情真意切的信呈到别人眼前，对方却只觉得信纸不错。

买椟还珠的故事里，看到珠宝被退回的那位商人也一定是很伤心的。

从那之后，美貌小姐再也没有接受过谁的追求。

虽然说起来略带矫情，但她美怕了，怕到总是担心围在身边的人是冲着脸来的，而不是真心爱她。

她最无法接受的，就是色衰，爱弛。

有钱先生回去之后，也好好反省了自己，他对美貌小姐，究竟抱着一种怎样的心态呢？

是单纯地喜欢她美丽的外表，还是真的对这个人动了心？

她有做到让自己觉得加分的地方，而自己，又能做到什么，让她也觉得自己不错呢？

既然自己以前也不敢轻易相信别人，如今反过来想想，凭什么就要人家相信自己是真心的？

有钱先生不敢贸然出击，每天只是给美貌小姐发发短信，保持着礼貌性的问候。

如此磨蹭了几天，有钱先生终于鼓起勇气打了电话过去，想约美貌小姐中午一起吃饭，电话接通后却传来美貌小姐有气无力的声音。

有钱先生火速驱车赶往美貌小姐家，把拉肚子拉到虚脱的美貌小姐送到了医院。

测体温、验血、叫护士，楼上楼下来回折腾了十几趟，有钱先生也没有一句怨言。

美貌小姐最终确诊是急性肠胃炎，需要输液治疗。

有钱先生主动充当司机，担负起一天两次送美貌小姐去医院输液的重任。

恢复期间，美貌小姐只能吃流食，这方面自然也由有钱先生一手包办，有时是粥，有时是特意煮得很烂的面条，保证每次都不重样。

美貌小姐进食的时候，有钱先生也闲不住，坐在一旁絮絮叨叨地跟她科普从网上查来的保健知识。

而这些日子以来，有钱先生的细心、体贴，美貌小姐全都看在眼里，他每一分每一毫的好，终于一点一点地俘获了她的心。

他们终于在一起了，婚后生活美好得仿佛童话故事。

有钱先生的事业越做越大，公司已经准备上市。

美貌小姐的脸上也有了不一样的光辉，把她衬得更美了。

为什么呢?

因为她肚子里有了小宝宝啦!

致 9 现实世界中力不从心的你：

练习十万种不辜负，
依然绕不过那小小的孤独

我们从未想过，很多时候，资本也会成为负担。

老是担心，别人爱上我们，是因为我们身上的某些附加值。

可其实，太过瞩目又有什么要紧。

大胆承认你的资本，接受它，跟你爱的人分享它。

一颗真心，放在任何璀璨的事物面前，都会瞬间压盖一切。

就算如今闪耀的一切，将在时间的漫漫长河里涤荡至无。

你也终会发现，我还是最喜欢你。

我们在原本可以努力的年纪里，做了太多不够努力的事

在要是我先生的口中，他就是一个上天入地无所不能的天才。

“要是我稍微努力点，也能考上公务员。”

“要是我稍微研究点互联网，也能当黑客。”

“要是我把心思多花一点点放在赚钱上，说不定福布斯榜上会出现我的名字。”

没错，任何事情在要是我先生看来，只要他稍稍努力一下，便是信手拈来的事情。

很长一段时间里，我是尽可能避免跟要是我先生见面的，我还记得上次他见我时说的第一句话是：

“哟，听说你当作家了是吧？就是整天坐在家里的那种‘坐家’吗？哈哈哈……”

那顿饭我吃得索然无味，席间听着要是我先生对每个人的职业都评点了一遍：

“哟，听说你最近自己做生意啦？以前上学那会儿你就好贪点儿小便宜，果然是做买卖的料。”

“哟，听说你升职了？没少巴结上司吧？”

……

我随便吃了几口东西，找了个理由便起身准备离开，临走时，要是我先生说：

“再坐一会儿嘛，啧啧，人红了就是不一样，都开始跟自己朋友耍大

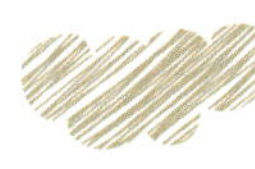

这个世界上，其实不会有太多人，会把你当作自己人。

遇到一个这样的人，你得感恩且珍惜。

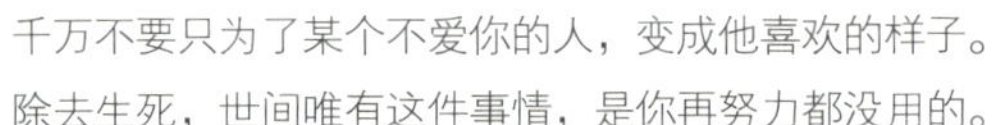
千万不要只为了某个不爱你的人，变成他喜欢的样子。
除去生死，世间唯有这件事情，是你再努力都没用的。

牌了。”

我没搭理他，跟别的朋友简单道了个别就走了。

事后我听别的朋友说，那天我走后，要是我先生还是忍不住夸耀了自己：

“要是我也写点东西，文坛哪还有他的立足之地？”

要是我先生有太多一念之间的宏图大志，可事实上，现在的要是我先生还只是一家小公司的职员而已。

当年我在职场打拼的时候，曾经与要是我先生的公司有过工作上的往来，有个策划案正好是要是我先生的公司做的，而我与他都正好是负责这个案子的人，一来二去，我发现我们竟然有共同的朋友圈，跟他也就变得熟络起来。

起初我们公司觉得要是我先生的策划案写得还可以，只是其中有太多细节很粗糙，所以需要认真地修改，我跟要是我先生说了公司的想法和意见，希望他回去认真地修改，可是几次三番地交代，值得注意的几个大问题依然还是存在。

彼时还是孬种一名的我，还不是太好意思跟别人发脾气，于是耐着性子对要是我先生说：

“你看，这几处问题我们公司已经反复强调了很多次了，怎么每次拿回来的策划案都还是没有修改呢？你这么固执，我也很难做的，大家都是给人打工的，是不是应该互相体谅一下呀？”我还怕话说得太重，临了还赠予他一个花朵般灿烂的微笑。

可要是我先生对此并不买账，很是不客气地说：

“那你有没有先体谅一下我呢？你们三番五次要求修改，改来改去又

各种不满意，我觉得你们提出的问题一点也不是问题，在我看来这策划案挺好、挺恰当的，反正我是不会改的。这个案子我也不打算跟进了，明天我会让公司派另外一个策划来做。不好意思，你们这么难伺候，我可没那个时间跟你们耗。”

后来，他们公司便真的派了另外一个策划，案子进行得很顺利，结局当然也很成功。

一段时间之后，在一次饭局上我遇见要是我先生，提起这事儿时他很得意地说：

“那个案子做得那么成功，还好有我做了很好的铺垫，不过要是我继续跟进的话，效果肯定比现在更好。”

我当时笑笑，没有再说什么。

转眼几年的时间过去，我已经不在职场上摸爬滚打，而要是我先生也换了几家公司，依然做着一名不算称职的策划。

就在前段时间，我朋友的公司有一个不小的案子要做，合作的公司正好是要是我先生现在的东家。

这事情刚敲定的当天晚上，我竟破天荒地接到了要是我先生的电话：

“极光，真不好意思这么晚打给你，实在是有事情想找你帮忙，你看咱们也是这么多年的朋友了……”

“有什么事情你就说吧，能帮的我就帮。”我跟要是我先生真心算不上朋友，只是有共同的朋友罢了。可是善良如我，赠人玫瑰手有余香，要真的只是举手之劳的事情，又何必端着架子不帮忙呢。

“那个，你跟××是好朋友吧？”

“嗯，是啊。”

“呀，那这事儿就好办了，是这样的，我们公司正好要给××的公司做策划案，这个案子我们公司很看重，到现在也还没定下谁来做，你看能不能跟你朋友说一下，就让我来做好不好？这个案子要是做成了，可能对我以后的前途有很大的帮助的。”

听到要是我先生这么说，我还是有点犹豫的，毕竟我跟他在职场上交过手，知道他是个热衷半途而废的人，要是贸然推荐给我朋友，到最后要是出个乱子我自然是担当不起的。

“极光……”见我久久没说话，要是我先生又接着说，“我知道以前我工作上有很多不足，但是你放心，这次的策划案我一定会认真对待的。你也知道，我没什么本事也没什么背景，不跟人家富二代官二代似的，家长出面塞点钱、说句话就康庄大道一路好走了，恨就恨没摊上那么一对爹娘，只能靠你们这些朋友了。咱们在北京都不容易，你说是吧？你就帮我跟你朋友说说，行吗？”

要是我先生说得很动情，说到最后声音都有些哽咽了。

我突然想起很多年前我只身来到北京时，也是孤苦伶仃的一个人。

这些年来我有了很多朋友，他们爱我、帮助我，一路走来像家人一样互相照顾、互相扶持，这不就是朋友之间最难能可贵的地方吗？

在一个陌生的城市里他们总能给你温暖，让你知道你已经不再是当初那个孤单寂寞的小孩儿了。

所以就在那一瞬间，我决定帮要是我先生这个忙。

要是我先生如愿接手了这个案子，我以为那会是他人生最重要的转折点，可谁知仅仅半个月之后，我的朋友就怒气冲天地找到我，劈头盖脸就把我臭骂了一顿。

“极光，你介绍的那是一什么人啊？怎么会那么不靠谱啊？给他提的意见不听，让他改的地方不改，还跟我这儿蹬鼻子上脸，说自己的策划案没问题，有问题的是我！我就@#￥%…&*……”紧接着的，就是一串流利的脏话。

朋友告诉我说，已经不再用要是我先生继续跟进这个方案，他已经向他们公司提出换人。

要是我先生前途堪忧，但我也只能帮到他这里了。

那件事之后，我又在一次饭局上见到了要是我先生，他又换了一家公司，继续做着一名普通的策划。

席间我听见他跟身边的一位朋友聊天，与那天他跟我说的话如出一辙：

“唉，恨就恨在我没有一对强悍的爹娘，所以路才那么难走呀。要是我爸妈当官或者下海经商，那我也不至于像今天这样。”

我鄙夷地笑了。

那是我与他的最后一次见面。

我一点都不想为要是我先生的行为开脱，而且我想很诚实地告诉你们，他是我此生遇见的最窝囊的人之一。

尽管有时候我挺同情他的，因为他人生最好的那些年华都是在嫉妒、抱怨、半途而废和为自己的失败找借口中度过的。

不过要是我先生说的有句话是没错的：要是我努力一点儿，也可以……一定能……肯定会……

没错，很多事情不是你不够好，不是你不够幸运，只是你不够努力罢了。

我们在有足够力量去努力的年纪里，却做了太多不够努力的事情。

亲爱的你们，等到哪天你老了，你再也努力不起了，又会不会怨恨曾经的自己呢？

人生很短，别给自己这机会。

这世界唯一的你

You Are The Only One In The World

这全世界唯一的你：

把那些不喜欢你的你不喜欢的
统统忘掉

从来没有人看不起你

怎样小姐最爱问的一个问题就是：你觉得我怎样？

那么她到底怎样呢？

怎样小姐体貌端正、性格和顺，平时待人彬彬有礼、无欲无求，为人处世都有不错的口碑，甚至追溯到幼儿园时期，她也得过最多的小红花。

这样看来，一切都没有什么可挑剔的。

但是，倘若你真的这么回答，怎样小姐往往会显露出那种捉奸在床的悲戚神色，仿佛你要是说不出些岔子来，便是辜负了她对你的信任与期待。

在这种情况下，即使硬扯出一些只是鸡毛蒜皮到不行的小缺点来，怎样小姐也会心满意足，对你千恩万谢，仿佛正因为你这句话，她才能勇往直前、乘风破浪，走上人生巅峰。

其实，怎样小姐并不是一开始就是这样。

在真正成为怎样小姐之前，她最大的爱好是讲自己过去的故事。

她最爱做的一件事情，就是拿出自己过去的丑照跟朋友们分享，好在大家愣神之余听到汹涌澎湃的赞叹：你是通过多大的努力才变成今天的自己的啊。

每当这个时候，怎样小姐便会一脸难掩的骄傲，尽量地摆出“不过如此”的姿态，仿佛是接受众人朝拜的神灵一般，谦虚地表示这不算什么，自己还会变成更励志的女神！

又比如，她在高中时的成绩差到惨绝人寰，但自己凿壁偷光、悬梁刺股，天天晚上窝在被子里叼着手电筒背题，以她那种老师看到都懒得抬眼皮的资质，硬是考进了某所分数不低的北京高校。

诸如此类的事情太多太多，总的来说，她的人生就是一部饱含血泪的励志成长史。

一开始，大家还会热情地回应，但时间久了，就像听多了祥林嫂的故事，只觉得聒噪，慢慢地，态度也就冷淡下来。

大家都那么忙，谁会真的有空听你一遍遍讲述那些与己无关的历史呢？

但怎样小姐却没有这么想，脑洞也开去了另一边。

讲那些是不是太自作多情了？我是不是还不够好？是不是还没有足够得到别人真心称赞的资本？

渐渐地，怎样小姐很少再去倾诉往事，开始习惯于一遍又一遍地问“你觉得我怎样”。

只是这些旧情，没有人知道。

大家只是觉得，啊，难怪怎样小姐在这个世界上最好的朋友是戳穿先生呀。

即使是关系比较熟的人，在跟戳穿先生说话时，也会有点怕。

不管你告诉他怎样的喜怒哀乐，戳穿先生都会一针见血地指出你自身的问题，一层一层地瓦解那些粉饰出来的情绪，直至让你被剥到人格上只剩赤裸裸的一个自己。

“哪里算是成就，明明是简单的小事，只不过你平时懒到没试过而已。”

“哪里有那么苦痛，明明是你自己没有抗击能力，矫情而已。”

在众人看来，各有千秋的戳穿先生和怎样小姐，大概就是用这样类似于精神SM（精神娱乐）的方式保持着友谊的吧。

事实上，毒舌惯了的戳穿先生在怎样小姐面前，从来都是三缄其口，什么也不说。

怎样小姐其实隐藏得很深，每每深夜回家，她都会拿出自己的布娃娃泄愤，一边殴打它，一边念着今天搜集到的大家对她的不满，说着恶毒到美杜莎本人也为之逊色的诅咒。

这是她独一无二的泄愤方式。

“我拼上命去努力，在别人眼中却还是漏洞百出吗？我身边的人实在太不懂得爱护我、呵护我、保护我了，所有的人都在欺负我，我到底做错了什么呢？我好孤单好寂寞！”

她每时每秒都想对着接触到的每一个人大飙脏话，可是，她又是这么彬彬有礼、受过良好教育、美丽善良，集一切优点于一身，她怎么能这么对别人呢？

第二天，她还是笑得仿佛受过严苛训练的秀女，向人虚心求教：“你觉得我怎样？”

以上这些，戳穿先生是除了怎样小姐之外唯一清楚的人，却从来没有戳穿过怎样小姐。

也许是因为从初中时他们就认识，这是多年来培养出的一种小默契吧。

虽然他早就摸清了怎样小姐的症结，但无数次话到了嘴边，却又莫名其妙地咽了回去。时至今日，更加说不出口。

也许就是这么多年的兄弟情谊，让他觉得开不了口吧。

“嗯，我果然还是一名重情重义的男子呢。”

而怎样小姐呢，对戳穿先生也没有什么特别的指望，只觉得这是自己成长道路中的一小部分罢了。

毕竟，戳穿先生在她心中一直是那个软塌塌的、很好欺负的小屁孩儿呢。

直到有一天，怎样小姐和戳穿先生都收到了某位朋友的结婚请柬。

婚礼那天，怎样小姐意外地喝多了。

酒席上，满座高朋全都是彼此熟悉的人，大家聚在一起，把彼此间以前的事都拿出来说笑，不免涉及了怎样小姐的。

怎样小姐也笑，却暗暗地像喝水一样地喝着酒。

新人过来敬酒，按例每人都要说一句贺词。

轮到怎样小姐时，她已然有些喝大了。

怎样小姐举起杯来，从他们的相识讲起，语气如泣如诉，无比煽情。

然而，话说了没几句，众人都渐渐地听出了不对劲儿。

怎样小姐在把这位朋友捧成人尖儿之余，更重要的明明就是在倾诉自己的苦命嘛！

一对新人也不傻，眼看气氛不对，匆匆喝了一杯就逃似的离开了。

但这在怎样小姐眼中，无疑又是一种对她表示的不满。

怎样小姐眼中瞬间起了雾，在酒精的催发下，她把之前从众人那里用各种手段搜集来的意见都翻了出来。

怎样小姐一条一条地说，从轻声呜咽慢慢发展成泪如雨下，很快变成敞开了声的号啕大哭，口齿不清地痛诉其实所有人都瞧不起她。

在座的人都有些尴尬，开始想要找借口离开，一直沉默的戳穿先生，却

突然说话了。

“为什么你只看得到那些为了敷衍你，甚至凭空捏造出来的负面评价，而拒绝大家对你真心的赞美呢?

“为了别人确实中肯的看法而改变，还能算是上进。而为了硬扯出来的意见全盘否定自己，那是自卑惯了而衍生出的贱。

“从来都没有人看不起你，全世界最看不起你的人，只有你自己。”

戳穿先生终于把从来不会说的话全都说了出来，用上了那种恨铁不成钢的语气。

怎样小姐仿佛被人扇了两巴掌一样愣住了，甚至忘了哭。

戳穿先生顿了一会儿，低下头继续说：“这些话我一直不说，你以为真的只是因为懒得理你?”

他终于也戳穿了自己。

什么默契，什么兄弟情谊，都是扯淡。

只有爱，才会让他在她面前变成哑巴，却默默地觉得值得。

怎样小姐恍惚了一会儿，终于破涕为笑。

她端起面前的酒杯，碰了一下戳穿先生的，来，走一个。

即使是以这样一种被抽了一鞭子的方式，但怎样小姐的症结，也终于算是迎来了一道不怎么明显的曙光，且所幸还不算太晚。

不知道怎样小姐和戳穿先生的后续发展会如何。

但可以肯定的是，从此以后，怎样小姐的人生，总会有一些小小的不一样吧。

何苦委屈自己且讨他人欢喜

绿茶小姐其实是个活得特别坦荡的人，因为她曾无数次趾高气扬地向我们大声宣布过：

“没错，我就是个绿茶婊，我就是要傍大款，嫁高富帅。”

私下里跟我们混在一起的时候，绿茶小姐骂每一句脏话时都气沉丹田，声如洪钟。

她会在与我们聚会时充当那个最有优势的抢单者，会在我们遭受服务生白眼时拍案而起，还会在朋友有难时信誓旦旦地拍着胸口承诺“交给我，你放心”。

绿茶小姐是个义薄云天的人，但，仅限于跟我们在一起的时候。

一旦脱离了我们这个“何弃疗”的小团体，绿茶小姐就像是打了一针强力镇静剂，变得温婉娴静起来，与她的倾国之貌相得益彰。

每天早晨和中午，绿茶小姐吃着屌丝们用每月有限的零用钱买来的奢华早餐、午餐。

到了晚上，她会拒绝一切屌丝的约会邀请，穿起白棉布裙子和帆布鞋，身姿轻盈地飘上高富帅的豪华跑车，四十五度角仰望星空，享受这座城市色彩斑斓的夜生活。

绿茶小姐的手中攥着无数屌丝和不少质量上乘的高富帅，但绿茶小姐的私生活是极为检点的。

“我好累，头有点痛了，送我回去好吗？”

每次与高富帅蜻蜓点水般地亲吻完，绿茶小姐都会化作小鹿斑比，目光

闪烁地说。

她从不邀请别人上楼坐坐，只在楼下跟高富帅告别，趁着夜色，留下一抹淡雅清新、仙气十足的笑容，便转身消失在了楼梯间，只剩裙角飘扬的余香供人意淫。

“求而不得的，才是好东西，懂吗？”绿茶小姐如是说。

为了保持好自己的绿茶形象，绿茶小姐申请了两个微信号，一个是我们这些朋友的，里面写满了“我去年买了个表”之类的豪言壮语，还有一个，自然是开放给人民群众的，写的几乎全是“温和从容，岁月静好”的话语。

绿茶小姐乐意在两个角色之间跳来跳去，像一个精神分裂的晚期病人。

很多时候我们甚至不知道究竟哪一个才是真正的她。

她说，她自己也不知道，只觉得人性本来就有很多面，她只是把其中两面认真演绎出来罢了。

“不过我更喜欢跟你们在一起时的自己，没那么累。”绿茶小姐说。

“那你就一直做那样的自己好了啊。”

“那可不行，我是要傍大款的，男人不都喜欢柔情似水的女人嘛。”绿茶小姐翻了一个“你懂个屁”的大白眼，对我说。

我们的绿茶小姐虽然身边男人环绕，但是她的感情生活却单调得吓人。

已经在奔三路上大跨步前进的绿茶小姐，人生只谈过一次恋爱，是在她刚上大一的时候。

那时的绿茶小姐还是个冒冒失失、表里如一的姑娘，走着动若癫痫的路线，那时追求绿茶小姐的人很多，但她不懂爱情，也懒得去风花雪月。

一直到一个草长莺飞的人间四月天里，遇见了凤凰男先生。

这种山窝窝里飞出来的金凤凰，身上有着独特的自信和魅力，吸引了情感天真的绿茶小姐。

在观察了几天后，她主动向凤凰男先生表白，两人便火速谈起了恋爱。

凤凰男先生家境贫穷，绿茶小姐出身优越，本就不是一个世界的人，但绿茶小姐全然不在乎，她只觉得，只要有爱，一切障碍都是可以跨越的。

她时常拉着凤凰男先生出入高档餐厅，当然，最后都是她心甘情愿地买单。几个月之后，原本清瘦的凤凰男先生被她养得白里透红，一身行头也从最初的粗布衣服换成了全套名牌。

她爱他，恨不得把他的吃穿住用行全部都张罗了，交往到后来，她甚至每月给凤凰男先生不少零用钱。

起初凤凰男先生还凭着几分骨气拒绝，但谁不爱人民币，一来二去，凤凰男先生便也欣然接受了。

甚至到后来，他还会主动开口对绿茶小姐说：

“嗨，这个月我的钱快用光了。”

绿茶小姐很高兴，她觉得他们彼此已经是无须客气的一家人了。

直到有一天，她在街上看见凤凰男先生牵着另一个女孩的手，手里还提着大包小包的女装品牌的购物袋。

那女孩脸上带着温柔的笑，娇羞地依偎在凤凰男先生的怀里。

她悄悄地跟着两个人，然后亲眼看见凤凰男先生为温柔小姐看中的一件连衣裙付了款，没错，用她给他的钱，付了款。

绿茶小姐果断地挥泪斩情丝，虽然心痛，但她却从这段感情中总结出了两大经验。

一是要找就找有钱的男人，省了这些窝囊的事情。

二是只有温柔的女人才会讨男人喜欢，就像凤凰男先生怀里那位一样。

于是从那天起，绿茶小姐转了性子，认真地开始柔情似水起来。

事实证明这的确是战无不胜的法宝，绿茶小姐在此之后一路披荆斩棘，没有打过一场败仗。

各色男人拜倒在她飘逸的白裙下，没有人可以幸免。

但能让绿茶小姐心动情动的人，却迟迟没有出现。

皇天不负有心人，绿茶小姐终于遇见了心仪的高富帅。

人都是犯贱的动物，绿茶小姐之所以喜欢他，更多的是因为此高富帅不待见她。

无论自己在他面前多么风情万种、楚楚可怜，他就是懒得用正眼瞧她。

他是她公司的客户，长得跟当红偶像男星李敏镐有点儿像，但却长了一对单眼皮，看起来有点儿别扭，却也是有魅力的。

在一次会议上，当绿茶小姐流利地讲述完策划案时，单眼皮李敏镐毫不留情地提出了质疑，而每一个质疑，恰好都是绿茶小姐做方案时，最志得意满的地方。

绿茶小姐心中狂奔过千万匹草泥马，速度之快几乎离地飞起。

她压抑了一下心中的怒火，朝单眼皮李敏镐飞去一个清澈单纯的媚眼，语气柔和地问：

“要怎样修改才合适呢？不如你来说说意见吧。”

“意见我刚刚已经提过了，怎么修改那是你的事。希望下次我们再见面的时候，我刚才提出的问题不要再出现。”说完，单眼皮李敏镐起身高傲地走了。

绿茶小姐那颗热爱被虐的心被撩拨了，她说她誓死也要把单眼皮李敏镐追到手。

接着，她便展开了追求攻势。

她借着工作原因加了单眼皮李敏镐的微信，在朋友圈发着各种无病呻吟的状态。

“红颜易老，人心易累。”搭配自拍照一张。

“夜半，独自哀伤起来。”搭配自拍照一张。

“今天竟吃下了半碗米饭，撑得胃好痛。”搭配自拍照一张。

……

如此循环往复，单眼皮李敏镐却始终都没有回应。

绿茶小姐沉不住气了，在方案终于改到对方满意的那天下午，她鼓起勇气飘到单眼皮李敏镐面前，声音悠扬地对他说：

“今晚一起吃饭吧，算是庆祝策划案终于做完了，行吗？”

“有什么好庆祝的，都拖拉这么久了，还改了那么多次，再说那本来就是你的工作啊。”单眼皮李敏镐正儿八经地说。

绿茶小姐心里默默地翻了个白眼，顺便飙了几句脏话，深吸了一口气，恢复了笑靥如花，却也抱着一颗视死如归的心，对他说：

“其实……其实我只想跟你一起吃个饭而已，因为，我觉得，我好像有点喜欢你。”一向没脸没皮的绿茶小姐做娇羞状，含笑低下了头。

“我知道，但是不好意思，你不是我喜欢的类型。”都说女追男隔层纸，但单眼皮李敏镐根本不吃这一套。

“贱人，竟然敢甩脸子给我看，他以为他是谁啊？以我富可敌国的雄厚财力，买通黑社会打烂他的脸也未尝不可，气死我了，真是气死我了！”绿茶小姐咬牙切齿地跟我们抱怨着，顺手拿起桌上的半杯红酒一饮而尽，豪爽之气堪比武松。

我们都老老实实地坐着，看绿茶小姐一杯接一杯地喝着红酒，就跟喝白开水似的。

每喝一口酒，她就得骂骂咧咧一阵子，等到一瓶酒喝得差不多了，她也骂开心了，这才缓和了脸色。

“算了，人生不如意十之八九，不过就是个男人而已，老娘再找就是了。”绿茶小姐自我安慰着。

这世上的事情有时就是这么难以捉摸。

那日绿茶小姐发飙后，有很长一段时间我们都没有再见到她。

再聚会时，绿茶小姐竟挽着单眼皮李敏镐的手，一起出现在我们面前。

“弟兄们，这是我男朋友，怎么样，帅吧？早就跟你们说了他是个大帅哥。”绿茶小姐骄傲地向我们介绍，语气不做作，不飘忽，豪迈得如同山大王。

让我们惊讶的是，绿茶小姐从那之后，恢复成了从前那个咋咋呼呼的姑娘，在谁面前都一样。

她关掉了那个开放给人民群众的微信，并和单眼皮李敏镐的感情越来越好，已经快要结婚了。

一次偶然的机会，我问绿茶小姐到底发生了什么，让她不再坚持维护绿茶形象。

“因为我已经傍着大款了，还装鹌鹑给谁看？”绿茶小姐笑着回答说。

她说那天她在餐厅跟我们发飙那次，单眼皮李敏镐正好就在邻桌，能听的他一字不漏都听见了。

后来单眼皮李敏镐就向她表白了，绿茶小姐当时刚要娇羞，单眼皮李敏镐就很不给面子地说：

“行了，快别装了，我还是更喜欢那晚在餐厅拍着桌子骂我的那个你。”

绿茶小姐无地自容，紧接着给了单眼皮李敏镐一拳，扯着嗓子说道：

“嘿，你丫怎么不早说。”

绿茶小姐说，极光你知道吗，我现在既轻松又快乐，当绿茶小姐真的好累呀，机关算尽，就算得到了钱，也不一定得到真爱。哪比得上现在的我，人财两收。

然后，是一串天雷滚滚的哈哈大笑。

是啊，我们曾经有多少次为了讨别人喜欢而把自己伪装成陌生的模样。

亲爱的，何苦这样委屈自己呢。

或许终有一天你会发现，最难能可贵、最讨人喜欢的那个人，其实就是最初的自己。

你可以是任何一种样子，只要你是开心的

咆哮女士是我高中的班主任，私下里，我们都亲切地称呼咆哮女士为“马老师”。

咆哮女士并不是姓马，这样的称呼来源于她就是女版马景涛，把有限的生命全身心投入到了无限的咆哮当中去。

无论是开心还是生气，即便是沮丧和无精打采，咆哮女士也会用自己独有的方式把咆哮这件小事情演绎得惟妙惟肖。

她只要一开口，整个教学楼的声控灯必然全都为之亮起，咆哮技能之高，可见一斑。

咆哮女士为我们的高中生涯制订了无数个口号，其中最让我记忆犹新的，是临近高考那会儿，咆哮女士给我们制订的那条最毛骨悚然的口号：

流血流汗不流泪，掉皮掉肉不掉队！

每天早晨早自习之前，咆哮女士都要求我们用百分之一百二十的精神大声地朗诵这个口号三遍。

当然，这里面喊得最响亮的当属咆哮女士本人。

如果从咆哮女士的魔掌和阴影中抽离出来，说实话我挺敬佩她的，她永远都像打了鸡血一样发着光、发着热。

“同学们啊！冯巩都说了！学习不刻苦，不如卖红薯啊！来！跟我一起大声地念出来！学！习！不！刻！苦！不！如！卖！红！薯！好，再来一遍！……”

“同学们啊！我看《贫嘴张大民的幸福生活》看得流眼泪！最让我感动的是，张大民的弟弟喊的那句话！我要上大学！来！跟我一起大声地念三遍！我要上大学！我要上大学！我要上大学！”

……

这样的案例和口号比比皆是。

我听说过一些关于咆哮女士的故事，她今年四十出头，离过一次婚，没有生育过儿女，两年前她再嫁，嫁给一个也离过婚带着孩子的普通工人。

她曾经跟我们说过：

“我不是没有孩子！我有很多孩子！你们！就是我的孩子！全都是我的孩子！”

说这话的时候，她眼眶泛泪，声音洪亮，走廊的声控灯再次齐齐地璀璨亮起。

我跟咆哮女士有过一次正面交锋。

那是一次月考，咆哮女士刚好给我的考场监场，考试结束，我从后排收卷。

一个同学还在匆忙地涂着答题卡，我只能把试卷往桌上一放，在旁边等，这一幕让咆哮女士看见了，她站在讲台上，指着我吼道：

“极光！收卷！竟然让他抄你卷子！你不知道考试已经结束了吗？你这算作弊！你俩成绩都作废！作废！”

哦，忘了说了，那一门考的刚好是数学。

呵呵……

如果是别的科目，那即便是被咆哮女士冤枉了，我也无话可说。

可是对于这门我只能熟练掌握十以内加减法的数学科，我绝对是士可杀不可辱的。

年轻气盛的我一下就不乐意了，凭着本能反驳道：

“我没让他抄，我自己都不会还让别人抄？又不是高考，我只是在等他涂完答题卡。”

“什么？不是高考？每一次月考都是战场！每一次月考都要当高考对待！要是高考你让他抄，你连上大学的资格都没！有！了！”

“我说了我没让他抄！”

“别狡辩了！我不喜欢狡辩和说谎的学生！作弊！你们俩都算作弊！！”咆哮女士大手一挥说。

我的火一下就蹿上来了，我把我自己那张放在最下面的空白数学试卷“噌”的一下抽出来，由于力道太大，上面摞着的试卷和答题卡在空中散开来，洋洋洒洒地落在地上。

“你自己看看！我试卷一片空白，抄个屁啊！你就算我作弊好了，反正数学我也得不了几分！随便你好了！还有，你可以不要老是大吼大叫吗？你把自己咆哮成了一个笑话你不知道吗？”

说完，我把自己的试卷团成一个球扔在地上，气势汹汹地走出了教室，丝毫不管我身后传来的汹涌澎湃的咆哮声。

奇迹般地，之后我没有被举报作弊，也没有受到处分，咆哮女士也破天荒地没有骂我或者叫我家长，只是她每每看我的眼神，都略带伤感，一脸我伤了她心的怨妇样。

那次之后，咆哮女士没有再跟我谈过话，我也很少理会她。

她的那些口号我不再跟着念，每次她看过来的时候，我都赌气似的嘴闭得紧紧的。

她的课我从来都是低着头听，很少抬起头看她。

高三下学期，我转到了艺术班，摆脱了咆哮女士。

后来，听说她转型变温柔了。

哼，我才不信。

毕业聚会那天，我十分不情愿地被原来班里的同学拖去。

咆哮女士带着她现任丈夫的女儿去了，在小女孩面前，咆哮女士就好像变了一个人一样，她不吼也不叫了，和声细语地对女儿说着话，给她讲故事，喂她吃饭，逗她开心，整个人就像圣母一样罩上一层雾蒙蒙的光环。

有那么一瞬间，我被咆哮女士那一脸祥和给感动了。

原来每个人心里都有自己不同的样子，我们用不同的脸、不同的心去面对不同的人，很多时候我们总是抱怨，你瞧，我都已经不是我最初的模样了。

可是亲爱的你们，许多年之后，也许连你自己都不记得自己本来的样子了。

有时候，为了爱，也许我们要做另外一种人。

所以只要你是开心的，你可以是任何一种样子。

就像那一刻的咆哮女士，我清楚地看见了她脸上洋溢着满满的幸福。

我忽然有点儿明白咆哮女士一直爱咆哮的原因了。

对于一群觉得自己很了不起的高中生，除去咆哮，还有什么更有力的震慑方法吗？

也许咆哮女士所有咆哮的动力，都是源于她对学生心急如焚却无法表达的爱。

后来，我喝多了，上前敬了咆哮女士一杯酒，对她讲了一句，老师，谢谢。

她愣了一下，跟我碰杯，然后笑了，我仿佛看到了她眼中的某种晶莹。

那天之后，我再也没见过咆哮女士，只是偶尔听说过一些关于她的消息，她依然是老样子，用生命咆哮着，然后送走了一拨又一拨优秀的毕业生。

他们与我一样，都经受了咆哮女士咆哮的洗礼。

当然，我相信，他们也与我一样，都很想亲口对她说声，谢谢！

你把自己为难够了，别人就不会为难你了

如果努力小姐有人生信条，那她的世界里，一定铺天盖地地写满了：不努力就去死喽。

大一开学的第一天，努力小姐就提交了六个社团的申请书并成功打入学生会。

自此，开启了大学时代的陀螺模式。

无论寒暑，努力小姐十年如一日地坚持五点起床，雷打不动。

自己的体重一旦超过某个心理承受力的最大值，努力小姐就会毅然决然地拒油拒糖，天天白水煮青菜，每天晚上还要在赶各种论文的间隙里，拖着累成狗的残躯做完一整套的健身操。

至于同时修两门专业、三门语言什么的，更是完全不在话下。

室友们纷纷对努力小姐非人的生活习惯感到叹为观止，而努力小姐却不以为意，她一直坚信：每天早上叫醒你的不是闹钟，而是梦想！

你只有在自己的人生中留下刻骨铭心的努力，才不白来这世上走一遭！

而私心里，努力小姐也会这样想：你把自己为难够了，别人就不会为难你了。

这也是她对于未来，一点儿小小的希冀。

努力小姐在爱上一个人方面也很努力。这一点集中体现在浪子先生身上。

浪子先生就像他的名字一样，狂放，不羁，仿佛《阿飞正传》里说的那只没有脚的鸟，死也要死在风中。

但若你不至于瞎掉，也会看不懂浪子先生身上到底有哪点靠谱的地方引得努力小姐如此痴迷。

或许，努力小姐就是迷恋他这种缥缈如风的气质吧。

努力小姐已经记不得是因何缘由爱上浪子先生的，仿佛是一种习惯，她现在所想的，只是倾尽一切地去爱他，努力达成他的每一个要求。

然而，两人的恋情中却存在一个大大的bug。

浪子先生自由随性的人生态度，绝不会提出什么硬性要求的。

要知道，他曾经可是拥着努力小姐的肩膀，眺望远空说过“无拘无束才是人生真谛”这样的话呢！

只是这样一来，努力小姐就蒙了，仿佛宵旰攻苦迎战高考，结果突然告诉她，她被保送了。

这种天上掉下来的轻松对于努力小姐而言，却不是一种完全的幸福。

毕竟，她是一位为了努力而活着的女子啊！

努力小姐并没有让自己就此安逸下来，她一边保留着自己从前的生活习惯，一边更加不由自主地去揣测浪子先生的喜好憎恶，并往那个方向努力做好。

浪子先生喜欢弹吉他，她就熟读了几乎所有吉他理论，即使他从没有跟她谈论过这个话题。

浪子先生喜欢唱民谣，她就次次守在一旁痴痴地听，好像他五音不全的硬伤也是一种别致的美。

除此之外，努力小姐甚至还坚持喝一种苦到要吐出胆汁来的中药调养身体，以确保自己各项妇科指标正常，能够在时机成熟的时候生下他们爱的结晶。

毕业后的某天，浪子先生翻了几本旅游攻略之后对她说："我们去一个充满自由的地方吧。"

努力小姐自然称好。

全宇宙还有比跟自己喜欢的人一起旅行更幸福的事情吗？

于是在浪子先生的建议下，努力小姐拿出了自己的大半积蓄，他们一起去丽江开了一家小小的客栈。

初到丽江的努力小姐，兴奋得如同囚鸟归林。

长久以来，努力小姐自顾自地努力着，却把自己困得死死的，几乎没有正经地出门旅游过，更加没有享受过这种真真切切的自由。

不用焦头烂额地应付工作，也不用为了经营人际关系而煞费苦心，她从来不知道，原来日子可以这么过！

努力小姐沉醉在这座小城夜晚迷离的灯光里，对浪子先生的爱意倏忽间更深了一分。

然而，自由产生的欢愉，努力小姐尝过一两天就饱了。

这样的生活很轻松，但太轻松了，时间一久，她的心底总会涌上一种没来由的空虚与不安，并占据了她的整个心房。

只是浪子先生似乎永远活力无限，在努力小姐不知道该怎么打发日子而愈发焦躁的同时，他常驻在隔一条街的酒吧里，湮没于灯红酒绿之中夜夜笙歌。

对于浪子先生的这种表现，努力小姐并没有产生疑虑——浪子先生本就是这样一只翱翔在人世间不羁的雄鹰嘛！

直到有一天，努力小姐连夜安排好一队深夜到来的旅客的房间，回家时却在她和浪子先生的床上看到了两具纠缠在一起的躯体。

努力小姐睡意全无，一种寒意真实地传到了全身上下的每一个神经末梢。

然而，被撞到的男女并没有表现出应有的慌张和愧疚。

女生拉过被子的一角盖在身上，满不在乎地点了一支烟，上下扫了努力小姐两眼，好似在看一个没见过世面的刘姥姥。

浪子先生下身只围了一条浴巾，走过来把努力小姐用力地拥进怀里。

努力小姐瞬间想到了各种言情偶像剧里，女主角狠甩劈腿的男主角耳光的场景，只是手还没来得及抬起，却听见浪子先生在自己耳边略带兴奋的声音："宝贝儿，我们'三口之家'吧，你说是不是很棒！"

浪子先生撒娇一样地摇晃着那具她曾经认为性感无比的身体，眼神亮得要冒绿光，仿佛刚刚说的是"中国男足踢赢了世界杯"或者"我入选了福布斯"。

努力小姐愣了一下，花了三秒的时间来理解"三口之家"的含义。

隔着薄薄的浴巾，她感受到浪子先生身上散发出熟悉的灼热气息，混合着空气中的淡淡中药味，努力小姐突然泛上一股深深的恶心感，她终于忍不住，"哇"的一声吐了出来。

把这些日子以来全部的揣测、迷茫、不安、焦躁，连同这段坏掉的感情，吐了个干干净净。

浪子先生到底有没有真的爱过努力小姐呢？

也许有，却不曾认真。

或许他也真的需要身边有一个人陪伴，而这个人具体是谁，他从不会

在意。

努力小姐彻底跟浪子先生说了再见，回到了她曾经奋斗的地方，一如既往努力地生活着。据说，现在过得很好。

这个世界很简单的，你努力一点，你学着聪明一点，然后你过上更好一点的生活。

别给自己找理由，不幸福，只是你太爱放过自己。

只是，千万不要只为了某个不爱你的人变成他喜欢的样子。

除去生死，世间唯有这件事情，是你再努力都没用的。

只是，如果爱一个人，能让你看到自己身上的不足。

那在之后的日子里，你拼了命地想要成为一个更好的人。

这才算是醒目。

而苦恋这件事情，也因此而变得功德无量。

做更好的自己，做一个更努力的自己，只为你自己。

努力没有错。

只是，别去努力爱错一个人。

你好，这世界唯一的你

张晓晗

如同本书中的一篇文章一样，你可能以为这是一本“对号入座”的工具书。

在阅读的过程中，你会不由自主地在脑海里搜寻那些出现在你生命里的人。

这个人也许就在你身边，也许杳无音讯，也许只在夜深人静时默默在朋友圈里点赞……

你想起那些时间那些事，想起那些对白那些笑。

你开始兴奋地搜寻目录，找到那个你想了解的人，直接翻到那页，一字一句倒着往上阅读篇末的几句心灵鸡汤。

你是不是很开心，感觉自己学到一项对付这类人的全新技能?

合上这本书，有那么一个脸盲的瞬间，你只记起了她们的钱包、鞋子、手机，记起他们的文身、发型、腹肌。

这些简单的特征，此刻象征着一群人。

在这场人山人海的人生中，你回忆起那些生命里的过客。

有他有她，有你有我。你看着形形色色的人，发生着你我每天都在经历的故事。

你看到这个开头，然而结局却和记忆里的不大一样。

你安慰自己，下次再遇见，不会再说傻话，不会再做傻事。

人和人在一生中会遇见的人会发生的事，是如此相似。

然而每次受伤，每次分别的理由，竟然又如此不同。

我们好几次被灌下鸡汤，拿起工具书，听成功人士言传身教。

你以为自己的青春终于毕业，可是你默默地复习那些大道理，默默地练习为人处世。

然后每次走出家门，你就以为在考试。

哈哈，你又错过了这个人，你又输掉了这场恋爱。

你突然惊讶地发现，原来我就是这样一个人。

好吧，这不是一碗来自妈妈的鸡汤，并没有人叉着腰告诉你，趁热喝了吧，对身体好。

感觉更像是路边小店里的咖喱盖饭。

你像一个过客，坐在窗边打量来来往往的路人。

等极光老板做出一碗热腾腾的故事，浇上心灵咖喱。

你看看四下埋头苦吃的客人，默默拿起汤勺。

然后老板很自然地把小票和零钱放在桌边，头也不回，继续忙他的去。

你背包出门，撞上正要进门的客人。

很好，或许这就是你的人生合伙人。

放下你手上的命运工具书，脱掉装腔作势的外套，忘掉你准备了一生的台词。

你应该真诚地走上前去，用你的方式跟他说一句：

“你好，这世界唯一的你。”

愿你我没有白白受苦

赵　鹏

我爹是双鱼座，跟双鱼男打了半辈子交道，跟双鱼男吵不来，但有次忘记是什么缘由，跟双鱼男极光急了，说极光你干吗对自己那么残酷。说这话时，刚从三里屯吃完饭回来，一抬眼，对面来了几个非人非妖、打扮得另类非主流的人，极光用下巴指指他们："我残酷，他们才对自己残酷呢。"

人有AB面。无论是前作《你就这样吧，挺好的》，还是这本《这世界唯一的你》，更多是写人的B面，就像是人生段子手极光生活里偶然蹦出的电光石火语句，如果记下来，对这个世界是有意义的，无论是带着自嘲、怜惜，还是感同身受。

若《这世界唯一的你》是另外一个意义上的《百鬼夜行抄》，就会知道，若要剖析别人，必将完全坦然展露自己。要知道，写字人可是冒着掉进自己深渊的风险，来做这一切的。

而深夜，便是写字人的深渊。

沉进去，便是温柔乡，一字一句，便能构建一个世界，逻辑你定。若实在想念那个灯火阑珊处的人，不用蓦然回首，把这人装进这个世界，这个文字世界会把所有的错过、不甘及悔意都磨得珠圆玉润。你就五体投地地天天拜，最终也会把那人拜成一个佛，光芒万丈，永远不离开你；溺进去，八百年前的不如意事都浮现眼前，历历在目。尤其我还是金牛座之中的翘楚，开始跟眼前这个双鱼男絮叨自己已经过了一万年的那点丧的过往，他也沉溺在这种情绪中，聊得正酣畅，他突然觉察出来了："跟我聊这些，你又想拖稿是吗？快滚回去给我写！"

通常这种聊天的状况，都处在剧本闭关期，身为流落到地球的拖稿星球人及极光编剧工作室最丧的一员，极光实在不相信我是村上春树那种早晨三点钟就用功写稿的选手，所以剧本闭关期都会把我抓到西直门这边的工作室坐文字狱——是的，没错，你们熟悉的极光大人，另外一个身份就是编剧，传说中深夜会变成怪物的职业："我怎么觉得该弄死一个人呢？""没错，男女主角要不然还在那里磨磨唧唧地暧昧呢。弄死谁呢，要不然让男三号死吧？""那让他怎么死呢？出车祸？""不，还是让他遭遇海啸死吧，这种死法洋气些。"

如此，一出狗血戏就此封刃。

如此，剧本闭关期会发生以上对话N次，如果N+1次对话遇到阻碍，两人实在想不出来，会随着越来越深的夜变得癫狂起来，有时候他自己做面膜，特别体贴地问我，"哈尼啊，你要不要做面膜？""待会儿，我写完的。""你别误会，我想说，你要是想做，你就下楼去便利店自己买。"

如果相互犯贱依然无法消耗掉剧本写作不顺利的沮丧感，极光君会打开刘真老师的舞蹈教学DVD——哦，那是他的缪斯女神，不顾六块腹肌已经离家出走一年多的身材，对着刘真老师曼妙的娃娃音舞蹈教学，跳！起！来！

他的小狗，经常出现在他书里面的著名狗模泰迪犬牛奶小姐，此时就会惊恐地看着自己疯癫的爹，此时我罪恶的双手慢慢地伸向了他送我的那个iPhone5，他倒是警觉："想偷拍我！你先上个表演系吧，上不得台面的家伙，脸上写着'我要偷拍人'。"然后继续以一种剧本写不下去破罐子破摔的曼妙身姿跳起来。因为一想到我这辈子没办法上演居心叵测的坏人戏份，我无助地瘫倒在沙发上，瘫了五分钟，试图在他忘记这茬儿的时候再将罪恶的双手伸向手机，不亦乐乎。

唉，写字人的生活，多么无聊。

为什么很多写字人最后都不知所踪，我猜这些前辈们大概就是在写不下

去的半夜只好去裸奔，最终裸奔到北冰洋去了。极光之所以依旧带着黑眼圈黑到下巴的天生烟熏妆还过得活色生香，大概是因为他畅销书作家的身份会分散他点注意力。

没事他还跑跑通告、接受采访，恍然下一秒会去《康熙来了》，被小S嘲笑："极光？这么大男人叫什么极光？"之类的场景。有时候我瘫在沙发上正琢磨让剧本里某人怎么死呢（好爱让人死哦），他要跑通告，沐浴焚香后，拉开大得可以装下整个工作室成员的衣橱，在满满一柜子名牌衣服里挑出没拆封的新衣服。我生性纯良，早年也是穿着夹脚拖写时尚杂志的十八线撰稿人，目瞪口呆之时又假装镇定，"光光啊，其实你不打扮时最好看了。"他在我欲言又止的表情中觉察出这件衣服的命运，默默地找出另外一件色彩斑斓的问："这件怎么样，KENZO的！"几个小时后通告结束，身穿KENZO经典花朵的他回工作室推开门，抱怨今天衣服果然穿错了。我真诚地说："你看吧，你总有一种把名牌穿成街边货的天赋。"他实在回击不了，只能转移话题，"你好意思说我，瞧你穿成什么鬼样子！别以为你玩了一下午，刚才要一秒钟假装写稿的事儿我不知道，你说今天写了几个字！"

哼，即使一天只写了七个字，衣服的事情还没完呢。写剧本时，吃喝拉撒都在工作室，晚上见朋友来不及回家换衣服，有时候我会拉开衣橱，想在里面挑件衬衫。忽然发现所有的衣服都写着极光的名字，即衣服都价格不菲，但风格都属于天真烂漫的，我怒从胆边生，"花那么多钱，你就不能买点正式的吗？"这一柜子天真烂漫都能买辆路虎极光了。他是够能花钱的，买鞋子，喜欢款式干脆一式集齐赤橙黄绿青蓝紫，就差召唤神兽了，新鲜了几天后又全堆到衣帽间睡大觉。每年光网购加旅游的钱……他每次旅游非头等舱不坐，非五星级宾馆不住。今年为新电影去德国看景，住了几天旅馆，早餐稍微不豪华一点，他这个委屈。再加上投资方实在不靠谱，他借机大吵

了一架，自己出去住了三天希尔顿酒店，逛了博物馆，买点东西，就美美地回来……网购和旅游的钱四舍五入也够辆路虎了，一笔笔账算下来，他哭着喊着没钱买车，我一股火就上来了，“你还有脸说吗！”

当然没脸了，他在身边的朋友跟金牛座的我天天耳提面命的熏陶下，起了点作用。2014年，我们想到了一个极好的电影，最热的夏天，又天天在工作室一起熬这个剧本。大概这个散发着人民币味道的电影让他理智清醒了一点，他终于决定去提车了。下午去的，结果半夜两点钟才回工作室。中间我戏感十足地以为他被人先奸后杀、人财两空被绑票了，我哭着抱着他的泰迪犬牛奶说以后没人催我稿了，这剧本写不完了，以后咱爷俩儿相依为命吧。这厮当然不会给我收养牛奶的机会，结果是半夜踏着刘真老师舞蹈教学DVD中的舞步回来，云淡风轻地说，刚拿到车钥匙，他就把车钥匙锁在车里了，又花了几千大洋找人来开锁……当然，这不会影响我欣赏豪车的好心情。半夜三点，保安也会纳闷俩年龄加起来都快六十的男人坐在车里这儿按按，那儿按按。我不懂车，十分没见识地说这车也太低调了，豪在哪儿呢，他说你出去感受一下。我打开车门，他开动发动机，半夜，整个小区安分守己的居民们听到了一种惨绝人寰的发动机声音。

他摇下车窗问：“嗯，知道这是什么车了吗？”

我点头：“贵车。”

本以为最近写的这个极好看的电影及买车这件靠谱的事儿消耗了我们大部分要疯癫的能量。半夜三点回工作室，他一边讨论剧本，一边无意识地围着新买的McQueen骷髅围巾，突然觉得商标好扎脖子，我说人家亦舒笔下的男主角品位极好，穿衣服之前都会把贴身衣物的商标摘下来。说完继续写稿。一不留神个五分钟，他脸上就带着遗世而独立的诡异微笑，“我把围巾剪坏了。”

我惊出一身汗来。

完蛋，这厮又犯病了。稍微跟他熟一点的朋友都知道，这家伙是一个觉得自己乳胶床垫有点塌，就邀请全城的朋友来他家试床，然后逼着每个人赞同这个床垫有问题，一定要换的家伙；大费周章地换了床垫后，他躺在床上忽然不近视了，在天花板上发现了一个0.000005毫米的裂缝，挣扎了几天后一定要把整个家粉刷一遍；哪天发觉抽油烟机不好使，他非要自己动手修，拆完倒是安回去了，手里就是突然多了十多个零件，破罐子破摔干脆重新买了一个；马桶漏水，他去西班牙玩都觉得会听到潺潺流水声，自己修不好，拆坏了，气急败坏地干脆把整个卫生间都换掉……以上内容，举不胜举。

知道他强迫症犯了，我连忙扑上去。剪围巾时他下手虽然重，但也就有个显微镜能看到的线头，但我百般安抚不好使。第二天，去某专门修复奢侈品衣服的店里，师傅以一种看神经病的眼神看了看草履虫那么大的线头，又看了看他，也没收钱帮他弄了。我心安了，大叹只要人人都献出一点爱，世界将变成美好的人间。以为这事儿告一段落，但他依然翻来覆去看这个围巾不顺眼。第二天，他终于又带着遗世而独立但释然的微笑，把这条围巾送给自己的初恋女友，然后又定下了三条一模一样的围巾……

如此，事件告一段落，女友得到了喜欢的McQueen围巾，他终于点了一根烟，欢天喜地说咱们继续讨论男主角怎么搞上女主角才不会让这段戏太过淫荡——所以，你知道的，这段戏不是生理问题，而是写字人的心理问题。

如果写作者也有一个需要膜拜的神，我等上辈子折翼的天使们必然三跪九叩，口中却必然齐颂：我变成这样，都是你害的。每个写字人，都或多或少地会成为这书中的医院。例如，如果极光要写拖延症先生，他要敢写其他人，我必然杀掉竞争者，满脸是血地杀到他的豪宅问谁能比我拖！若是写作家工作期间的种种怪癖，购物狂先生、强迫症先生、选择恐惧症先生、破罐子破摔先生，他若敢写别人，我们这些朋友必然跳着忠字舞把他电脑砸了：

有脸写别人吗?

瞧瞧，为了比一杯星巴克还便宜的书或者电影票，把写这字或戏的人折磨成什么样了。

大概我已经将丧上升到一种艺术的阶段，丧得乐观向上、山清水秀什么的。因此若是写不下去，又会到我俩喜闻乐见、相当擅长的相互抨击对方的时期，他会说“每次看你这张丧脸，都会让我丑五个level”。当然他的黑眼圈快耷拉到脚面了这不怪我，但有时候“文字狱”放风期间，他也会受我影响偷偷丧一下。有天他的一个小读者在他微博上抱怨自己的生活各种不顺，他忽然不维持他高贵冷艳的偶像作家形象了。

“小同学，我不能像大部分傻×情感专家那样，安慰你说都会好起来的。我想告诉你，被外界誉为海淀区第一交际花的我，貌似每天都在外面花天酒地，可其实我一个月里大概有二十五天是跟狗待在一起的，且大部分情况下，我还是狗不理。孤独是常态，随着年龄的增长，愈演愈烈，你得学会接受它、享受它。祝好。”

回去坐“文字狱”，我吐槽：“祝好个屁，牛奶不理你，是因为你不遛它嘛。”但嘴贱的我不愿意承认，等到我又想犯懒拖稿、实在写不下去，及被人生那点情啊爱啊搞得焦头烂额之时，这条微博我就翻出来，又看了很多遍。

我知道啊，若看表面，极光的生活还挺符合读者对于一个作家的想象的。现在闹剧本荒，国内各大影视公司的老板为了买小说影视改编权，周一周二周三周四周五、赵钱孙李、礼贤下士、如沐春风、如雷贯耳的阿敏阿玉阿英阿东阿欢阿庆看完小说后的深夜微信袒露心声，咬着牙说这个角色你写的就是我。见面时大明星又把姿态放得特别低，说新电影那个角色一定要找我噢。平时谈笑有鸿儒，除了我这个不以low为耻反以low为名的朋友，也算往来无白丁。

其实每个人看自己，表面上都挺好的。

然而，孤独这事儿，如影随形于每一个人，而对于写字人来讲又是最清晰明了的问题，但无可奈何。也许我们爱过很多人，成为蹚过人渣河的男人女人；做错了很多事，兜兜转转把自己捏成了没有精美到可以去故宫展览的瓷器之后，但都不得不接受成长带给自己必不可少的孤独感。毕竟，你看世界这么大，人生又是如此漫长，每个人都要培养个极品的毛病来跟自己为伴，而那个对的人还在来的路上，没准儿还会迷路一阵子。我们只好对待周围人宽容一点，对待自己严格一点，可是即使严于律己，也别把自己身上跟周围人不一样的地方都磨掉。

只是因为，你是这样好的你，即使你比这书中的人物在某些点上犯浑一百倍，但你人生的A面拥有那么多金子的品质。就如我，如此洋洋洒洒地写了这么多，还为此暴露自己超级拖延症的“美德”，却也发现极光的B面也仅限如此。即使我说如果将来写一个购物狂的电影，拿极光你当模板不错；可是另外一面，极光跟林夕一样，股市、基金赚得不错，又趁着房市低价购房，理财理得山清水秀的；即使他写不下去时依然热爱刘真老师，半夜大跳艳舞已经闪瞎了几次我的24k纯金的狗眼。还有，这家伙洗把脸睡一觉后何止变成一个好汉，简直变成了一个出版界的蔡依林，蔡依林劈叉、翻滚、做体操，把所有女歌手都逼到了绝路；大概，他则成了其他编辑口中的“别人家的孩子”，为此其他作家收到新书后都口径一致：你怎么又出书了？是啊，没错，你们享受光环时，他高度近视加大散光看不到这些光环，即使是生病也要哭着爬到电脑前大战三千字；当周围人都不靠谱时，比如距交稿期还有一天时间，而在下心平气和地跟他说还有三集电视剧没写完，极光也只是在电话里大骂你这个贱人，然后默默地戴着墨镜在泰国的沙滩上帮我收拾这烂摊子，而事后他生怕我内疚（拖稿王怎么会内疚呢，你想多了亲），说我的

才华是飞流直下三千尺，把我夸成张爱玲。

啧啧，这个双鱼座老好人。

所以，因为极光，我挺热爱现在的我，虽说拖稿之路逼死了好多编辑啊导演之流，但即使背负着以拖稿杀死人的血债，我也不敢随便对付笔下的字，世界这么乱，不多几个对付的字儿，但少句动真格的话。而在某种程度上，我也热爱现在这样的极光，因为跟他合作这阵子，更能打消我对自己不完美的怀疑。早些时候，一个我少年时便认识的兄长，后来考入北影导演系，做了极光的师兄。前几年我俩合作了一个剧本，这个兄长看完后说："赵鹏，你现在是个怪物，写出的东西就跟屎一样。"我一直在写东西上饱受赞扬，没想到我尊敬的人竟然因为我写得不好而跟我断交。极光后来说，让时间说明问题吧。

后来，那个喜欢大时代、大格局的兄长最后给企业拍宣传片去了，离电影越来越远。而我，正在写一个满意到做梦都会笑醒的电影——别因为自己的不完美，就怀疑自己A面的能力。

毕竟，你因为自己的不完美承受了这么多，别连骨带肉地削去你的独特性。

所以，当你花不到一杯星巴克的钱，从书架上拿走这本小书之时，无论是哪个先生小姐，其实写的就是你，甚至你还有过之而无不及。嬉笑怒骂之间，你会知道，每个人都是为身边人的不完美承担了好多才走到今天的。

那放下书后，怎么办呢?

继续做世界上唯一的你吧，愿你我没有白白受苦。

图书在版编目（CIP）数据

这世界唯一的你 / 自由极光著. —北京：中国华侨出版社，2014.9
ISBN 978-7-5113-4915-6

Ⅰ. ①这… Ⅱ. ①自… Ⅲ. ①随笔—作品集—中国—当代 Ⅳ. ①I267.1

中国版本图书馆CIP数据核字（2014）第217908号

这世界唯一的你

著　　者：自由极光
出 版 人：方　鸣
责任编辑：紫　夜
封面设计：金牍设计室·车球
版式设计：焚稿工作室
排版制作：刘碧微
经　　销：新华书店
开　　本：635mm×965mm 1/16　印张：15　字数：180千字
印　　刷：北京旭丰源印刷技术有限公司
版　　次：2014年11月第1版　2015年6月第3次印刷
书　　号：ISBN 978-7-5113-4915-6
定　　价：35.00元

中国华侨出版社 北京市朝阳区静安里26号通成达大厦3层 邮编：100028
法律顾问：陈鹰律师事务所
发 行 部：（010）82068999 传真：（010）82069000
网　　址：www.oveaschin.com
E-mail：oveaschin@sina.com

如发现图书质量问题，可联系调换。质量投诉电话：010-82069336